국어 교과서 작품 읽기

중2 시

국어 교과서 작품 읽기: 중2 시

초판 1쇄 발행 • 2010년 4월 30일
개정판 1쇄 발행 • 2013년 11월 15일
개정2판 1쇄 발행 • 2018년 12월 10일
최신 개정판 1쇄 발행 • 2025년 11월 7일
최신 개정판 2쇄 발행 • 2025년 11월 14일

엮은이 • 신미나 최지혜
펴낸이 • 염종선
책임편집 • 정편집실 구본슬
조판 • 박아경
펴낸곳 • (주)창비
등록 • 1986년 8월 5일 제85호
주소 • 10881 경기도 파주시 회동길 184
전화 • 031-955-3333
팩스 • 영업 031-955-3399 편집 031-955-3400
홈페이지 • www.changbi.com
전자우편 • ya@changbi.com

ISBN 978-89-364-3162-4 44810
ISBN 978-89-364-3161-7 (전3권)

국어 교과서 작품 읽기

중2 시

신미나 · 최지혜 엮음

창비

'국어 교과서 작품 읽기'
최신 개정판을 펴내며

국어는 왜 어려울까요? 우리말과 글을 이미 능숙하게 쓰고 있는데도 국어 과목이 너무 어렵다며 푸념을 늘어놓는 청소년들을 종종 만납니다. 국어를 배우는 시간을 자신과 세상을 이해하고 성장하는 과정으로 생각해 보면 어떨까요? 국어는 읽고 쓰는 기능뿐 아니라 우리말과 글의 아름다움을 느끼고 가치를 내면화하면서 세상과 소통하는 법을 배우는 과목입니다. 다양한 삶의 모습이 담긴 문학 작품은 인간과 세계를 깊게 이해하는 통로가 되어 주지요. 작품 속 이야기를 거쳐 다시 우리가 발 딛고 있는 현실로 돌아와 앞으로 어떤 삶을 살아갈지 고민하게 된다면, 그것이 바로 성장의 과정이라 할 수 있습니다.

2025년 중학교 1학년부터 적용된 '2022 개정 교육과정'은 미래 변화에 대응하는 역량을 강조합니다. 디지털 사회로의 전환, 기후 환경의 변화, 출생 인구의 감소 등 우리는 이미 전과 다른 세상을 살고 있습니다. 이런 변화에 발맞추어 새로운 국어 교육과정에서는 디지털·미디어 역량을 기르기 위한 '매체' 영역이 추가되었습니다. 디지털 기기를 활용하는 것에서 그치지 않고,

매체 자료를 비판적으로 이해하고 자신의 생각을 창의적으로 표현하는 것을 목표로 합니다. 이처럼 미래를 잘 맞이하려면 단순히 새로운 기술을 습득하는 것을 넘어, 변화된 환경 속에서 자신의 삶을 주도적으로 살아갈 수 있어야 합니다. 이를 위해서는 나를 둘러싸고 있는 세상을 읽어 낼 수 있는 힘을 갖추어야 하지요. 문해력을 기르는 이유도 단순히 성적을 몇 점 올리기 위해서가 아니라 삶을 가꾸기 위해서입니다.

'국어 교과서 작품 읽기' 최신 개정판에서는 새로 바뀐 중학교 2학년 국어 교과서 10종에 실린 문학 작품을 시, 소설, 수필·비문학 갈래별로 가려 모았습니다. 학교에서 배우는 교과서에 실린 작품뿐만 아니라 함께 보면 좋을 작품을 엄선하고, 작품을 깊이 있게 이해하도록 돕는 다양한 활동을 구성했으며, 시험을 대비하고 실전 감각을 기를 수 있는 예상 문제를 포함했습니다. 낯선 교복과 새로운 터전에 적응을 마친 중학교 2학년은 몸과 마음이 부쩍 자라는 시기입니다. 자유학기제 이후 학업에 대한 부담이 커지고 진학과 진로에 대한 현실적인 고민도 싹트기 시작하지요. 그 과정에서 막연한 불안감과 초조함을 감추기 위해 마음의 벽을 쌓아 올리기도 합니다. 어느새 높아진 벽 앞에 혼자 남지 않도록, 시선을 들어 세상과 소통하며 자신의 생각을 정리해 나갈 수 있는 수록작을 꼽고 도움 글을 실었습니다. 다양한 삶의 모습이 담긴 작품을 통해 위로와 격려를 받기도 하고, 글쓴이의 생각에 공감하거나 반박하는 연습을 하며,

스스로 생각하는 힘을 기를 수 있을 것입니다.

시를 읽을 때 각 부의 주제를 이해하면 어디에 초점을 두고 작품을 읽고 감상해야 할지 방향을 잡을 수 있을 거예요. 『국어 교과서 작품 읽기: 중2 시』는 2022개정 교육과정 성취기준을 바탕으로 하여 총 4부로 구성했습니다.

먼저 1부 '반짝이는 말, 엇갈린 마음'에서는 반어, 역설, 풍자 등의 개념과 학습 요소를 익힙니다. 시는 전달하고자 하는 바를 그대로 드러내지 않고 돌려 말하기도 하지요. 이런 표현들을 이해하면 시가 한층 더 깊고 풍부하게 다가올 거예요. 2부 '마음의 목소리를 따라'에서는 시 속에서 말하는 이, 즉 화자에 집중합니다. 그는 어디서 무엇을 하고, 어떤 감정과 태도를 지니고 있을까요? 화자의 이야기를 귀 기울여 듣겠다는 마음으로 시를 읽어 보세요. 3부 '시대의 숨결 속에서'에서는 고려나 조선과 같이 옛날에 창작된 작품부터 현대에 이르기까지 다양한 시대의 작품들을 만날 수 있습니다. 작품에 반영된 시대 상황과 사회 문제를 살펴보면서 시인이 전하고자 한 바를 생각해 보세요. 시는 그 사회의 목소리를 대신 담아내는 경우가 많으니까요. 4부 '너의 마음에 닿는 세상'에서는 시를 읽으면서 타인의 삶을 이해하고 공감하는 경험을 해 볼까요. 문학은 우리를 더 넓은 세상으로 이끌고, 보이지 않던 문제들을 바라보게 하는 안내자가 되어 주곤 한답니다.

여러분은 무언가 전달하고 싶은데 떠오르는 말이 없었던 적이 있나요? 음악을 듣거나 시를 읽을 때도 비슷한 경험을 했을지 모르겠습니다. 참 좋은데 뭐라고 표현해야 할지 모르겠다는 답답함을 때때로 느낀 적이 있을 거예요. 무언가를 설명할 언어를 갖는다는 건 그런 점에서 힘을 얻는 것과도 같아요. 말하지 못했던 것을 말할 수 있는 힘 말이에요.

'중1 시' 읽기에서는 시라는 장르와 친해지기를 바라는 마음으로 책을 엮었다면, 이번에는 시를 스스로 읽어 낼 수 있는 도구들을 소개하는 데 중점을 두었습니다. 또한 새로운 부록 '지필고사 예상 문제'는 각 부의 주제와 성취기준을 바탕으로 제작된 문제로 여러분의 시 공부에 현실적인 도움이 될 거예요. 시의 표현 방법, 화자, 사회·문화적 배경, 공동체를 바라보는 시선을 익힘으로써 작품을 이해하는 힘을 키울 수 있기를 바랍니다. 그리고 그 힘이 여러분의 마음을 조금 더 단단하게, 조금 더 따뜻하게 해 주기를 바랍니다. 시를 읽는 시간이 곧 자신을 만나는 시간이 되고, 세상을 더 깊이 바라보는 시간이 되기를 기대합니다.

2025년 11월

신미나 최지혜

차례

1부 반짝이는 말, 엇갈린 마음

2부 마음의 목소리를 따라

3부 시대의 숨결 속에서

일러두기

1. '2022 개정 교육과정'에 따른 중학교 검정 교과서 10종 『국어』 2-1, 2-2에 수록된 시들 중에서 35편을 가려 뽑고, 교과서 밖의 시 7편을 더해 총 42편을 수록하였습니다.
2. 시가 처음 수록된 시집이나 전집을 원본으로 삼았습니다.
3. 표기는 가급적 원문에 충실히 따르는 것을 원칙으로 하였습니다. 다만 시의 분위기나 어감을 해치지 않는 선에서 현행 표기로 바꾸기도 하였습니다. 띄어쓰기는 모두 현행 표기법에 따랐습니다.
4. 한자는 모두 한글로 바꾸고 꼭 필요한 경우에만 괄호 안에 넣었습니다.
5. 시 끝부분에 낱말 풀이를 달았습니다.
6. 활동의 예시 답안은 창비 홈페이지(www.changbi.com)의 '도서 > 자료실 > 어린이 청소년 자료실'에 있습니다.

1부

반짝이는 말,
엇갈린 마음

여는 글

시는 단순히 짧고 감상적인 생각을 전하는 글이 아니에요. 시인의 경험과 느낌을 개성 있게 표현해서, 읽는 이에게 새로운 감정을 불러일으킵니다. 1부에서는 자신의 경험을 개성적인 발상과 표현으로 형상화한 시를 만나 봅니다. 달리 말하면 일상의 경험을 시인의 시선을 거쳐 특별한 언어로 바꾸어 표현했다는 뜻이지요.

또한 반어, 역설, 풍자와 같은 표현도 배웁니다. 반어는 겉으로는 본래의 뜻과 반대로 표현해서 속으로는 본래의 뜻을 강조하려는 표현이고, 역설은 모순되는 말 속에 더 깊은 진리를 담아내는 표현이에요. 풍자는 사회나 사람의 문제점을 재미있게 비틀어 드러내는 표현이고요.

이처럼 겉으로 보이는 말과 마음속에 담긴 진심이 어긋나기도 하고, 엇갈리기도 하면서 우리는 다양한 감정을 맛봅니다. 시인이 선택한 표현 덕분에, 독자는 단순한 감정을 더 깊고 입체적으로 느끼게 되지요. '무엇을 말하고 있나?'뿐만 아니라 '어떻게 표현하는가?'에도 주목해야 해요. 그 안에서 시의 반짝이는 의미를 발견할 수 있습니다.

첫사랑

고재종

흔들리는 나뭇가지에 꽃 한번 피우려고
눈은 얼마나 많은 도전을 멈추지 않았으랴

싸그락 싸그락 두드려 보았겠지
난분분 난분분 춤추었겠지
미끄러지고 미끄러지길 수백 번

바람 한 자락 불면 휙 날아갈 사랑을 위하여
햇솜 같은 마음을 다 퍼부어 준 다음에야
마침내 피워 낸 저 황홀 보아라

봄이면 가지는 그 한번 덴 자리에
세상에서 가장 아름다운 상처를 터뜨린다

* **난분분(亂紛紛)** 눈이나 꽃잎 따위가 흩날리어 어지러움.

감상 길잡이

모든 '처음'은 어렵습니다. 하물며 사랑이라니요. 몇 번이나 망설이다가 겨우 마음의 문을 두드려 보는 것, 그게 아마 첫사랑일 겁니다. 그런 첫사랑을 노래한 시를 마주하니 읽기도 전에 마음이 두근거려요. 눈은 나뭇가지를 싸그락 싸그락 두드려 보기도 하고, 그 위로 춤추듯 흩날리기도 하지요. 하지만 수백 번 미끄러지고 또 미끄러집니다. 첫사랑의 서툰 실패가 눈발의 헛디딤을 닮았네요. 그럼에도 눈은 멈추지 않습니다. 바람 한 자락에도 날아갈 듯한 사랑임에도 햇솜 같은 마음을 몽땅 쏟아붓습니다. 그제야 피어나는 봄꽃. 시인은 그것을 덴 자리에 터져 나온 '가장 아름다운 상처'라 부릅니다. '아름다움'과 '상처'는 서로 어울리지 않는 말처럼 보이지만, 이 둘이 나란히 놓임으로써 새로운 의미가 드러나지요. 이처럼 서로 어울리지 않는 말을 나란히 놓아 새로운 의미나 진실을 담아내는 표현을 '역설'이라고 합니다.

나의 한 줄 평 ....

....

활동

시인은 왜 첫사랑을 '가장 아름다운 상처'라고 표현했을까요?

먼 후일

김소월

먼 훗날 당신이 찾으시면
그때에 내 말이 '잊었노라'

당신이 속으로 나무라면
'무척 그리다가 잊었노라'

그래도 당신이 나무라면
'믿기지 않아서 잊었노라'

오늘도 어제도 아니 잊고
먼 훗날 그때에 '잊었노라'

* 나무라면 꾸짖으면.

감상 길잡이

시에서는 제목이 참 중요해요. 제목은 시 전체의 분위기를 만들어 주기도 하고 시인이 말하고자 하는 바를 함축적으로 표현해 주기도 하지요. 이 시의 제목은 '먼 후일'이에요. '후일(後日)'은 나중의 날이라는 뜻인데, 그 앞에 '먼'이 붙었으니 아주 오랜 후의 날을 의미하겠지요. 시의 화자는 말합니다. "먼 훗날 당신이 찾으시면/ 그때에 내 말이 '잊었노라'". 정말 잊었기에 하는 말일까요? 먼 후일에야 잊겠다는 말은, 지금은 잊을 수 없다는 뜻이랍니다.

그런데 이 시에서는 '잊었노라'라는 말이 여러 번 반복됩니다. 당신을 무척 그리다가 믿기지 않아서 잊었다고요. 이러한 구절을 보면 화자는 이별을 경험한 듯합니다. 다만 아직은 받아들이지 못한 상태지요. 너무나 그리워서 이별을 믿을 수 없는 마음이 느껴지지요. 사실 화자의 마음은 '잊을 수 없노라'에 가까운데 오히려 반대인 '잊었노라'로 표현하고 이를 되풀이하고 있어요. 이처럼 시에서는 실제와 반대되는 뜻의 말을 써서 감정을 표현하기도 합니다. 이를 '반어'라고 하지요. 반어적 표현은 감정을 감추는 듯 보이지만 오히려 더욱 깊고 진하게 전달하는 힘이 있답니다.

나의 한 줄 평 ....

....

활동

이 시에서는 "당신이 ~(하)면"이라는 가정법이 쓰였어요. 가정법은 실제가 아니라 말하는 이의 상상이나 소망 또는 후회 등을 담는 표현이지요. 그렇다면 이 시에서 가정법을 사용한 이유는 무엇일까요?

괜찮은 척

김응

괜찮아
괜찮아요

넘어져 피가 나도
부딪쳐 깨져도

친구들이 물어볼 때면
어른들이 걱정할 때면
거짓말이 튀어나온다

사실은 안 괜찮은데
아프다고 말하고 싶은데
힘들다고 말하고 싶은데

감상 길잡이

괜찮아, 괜찮아요, 라는 말을 듣고도 우리는 종종 무심하게 넘겨 버립니다. 그 말 뒤에 어떤 마음이 숨어 있는지는 깊이 생각하지 못할 때도 있지요. 그런데 이 시를 읽으니 주변 사람들의 말을 다시 한번 생각하게 됩니다. 정말 괜찮았을까? 속으로는 힘들지 않았을까?

이 시의 화자는 친구들이 물어보거나 어른들이 걱정할 때면 '괜찮다'는 말이 튀어나온다고 해요. 사실은 아프고 힘든데도 묻는 사람이 걱정할까 봐 오히려 반대로 말한대요. 상대방이 걱정할까 봐, 나 때문에 마음이 무거워질까 봐, 혹은 힘든 감정은 혼자 견뎌야 한다고 생각해서일지도 모르지요. 이 시는 우리 주변을 돌아보게 합니다. 혹시 우리 주변에도 '괜찮은 척'하고 있는 친구가 있지는 않을까요? 누군가 그런 신호를 보낸다면 용기 내어 그 사람에게 다가가 마음의 문을 두드려 보는 건 어떨까요?

나의 한 줄 평 ....

....

활동

여러분도 이 시의 화자처럼, 안 괜찮지만 '괜찮은 척'했던 순간이 있었나요? 그때의 마음이 어땠는지 떠올려 이야기해 보세요.

희망가

문병란

얼음장 밑에서도
고기는 헤엄을 치고
눈보라 속에서도
매화는 꽃망울을 튼다.

절망 속에서도
삶의 끈기는 희망을 찾고
사막의 고통 속에서도
인간은 오아시스의 그늘을 찾는다.

눈 덮인 겨울의 밭고랑에서도
보리는 뿌리를 뻗고
마늘은 빙점에서도
그 매운맛 향기를 지닌다.

절망은 희망의 어머니

* 빙점 물이 얼기 시작할 때 또는 얼음이 녹기 시작할 때의 온도.

고통은 행복의 스승
시련 없이 성취는 오지 않고
단련 없이 명검은 날이 서지 않는다.

꿈꾸는 자여, 어둠 속에서
멀리 반짝이는 별빛을 따라
긴 고행길 멈추지 말라
인생 항로
파도는 높고
폭풍우 몰아쳐 배는 흔들려도
한 고비 지나면
구름 뒤 태양은 다시 뜨고
고요한 뱃길 순항의 내일이 꼭 찾아온다.

* **명검** 이름난 칼. 또는 좋은 칼.
* **고행길** 몸으로 견디기 힘들 정도로 험난하고 어려운 상황이나 과정을 비유적으로 이르는 말.

감상 길잡이

얼음장 밑에서 헤엄치는 고기, 눈보라 속에서 꽃망울을 트는 매화. 그 모습을 떠올려 보세요. 추위 속에서도 애쓰는 생명의 모습에 마음이 가지 않나요? 어떻게든 살아 내려는 힘이 느껴집니다. 눈 덮인 겨울의 밭고랑에서도 보리는 뿌리를 뻗고, 영하의 추위 속에서도 마늘은 매운 향을 간직하며 견뎌 냅니다. 쑥쑥 자라지는 못할 때이더라도 할 수 있는 것을 하며 죽지 않고 살아 냅니다. "절망은 희망의 어머니/고통은 행복의 스승"이라는 구절을 읽고는 "이건 말이 안 돼!" 하고 반발심이 드는 친구도 있을 거예요. 저도 처음에는 그랬거든요. "절망은 절망이고, 고통은 고통이지! 어떻게 그게 행복이고 희망일 수 있어?" 하고요. 그런데 시를 천천히 다시 읽어 보면 절망과 고통의 시간이 지나간 후에는 그 자리에 희망과 행복이 찾아올 수 있다는 의미라는 걸 알 수 있습니다. 겉으로는 말이 안 되는 것 같지만, 그 속에 깊은 뜻을 담고 있는 표현. 맞아요. 이 시에도 역설이 쓰였어요.

시인은 인생을 항해에 비유합니다. 어둠 속을 헤치고 나아가는 고된 바닷길이 삶을 닮았대요. 파도가 맹렬한 기세로 밀려오고 폭풍우가 몰아치는 때도 있을 거래요. 그러나 그런 고난의 시간도 인생이나 뱃길에서 겪어야 하는 과정이어서 풍랑이 지나가면 다시 맑아질 거라고 합니다. 힘든 시간이 오더라도 살아 낸다면 또 다른 시간이 찾아온다고 해요.

제게 한 선생님이 이런 말씀을 해 주셨어요. "어떤 존재이든 자기 나름대로 최선을 다하고 있다." 아무리 무기력한 날들이라도, 괴로움의 늪에 빠져 있더라도 그 시간조차 살아 내는 중일 거라고요. 그러니 꼭 기억하면 좋겠어요. 힘에 겨운 때에는 살아 내는 것, 하나만으로도 최선을 다한 겁니다. 여러분도 충분히 잘하고 있답니다.

나의 한 줄 평 ....

....

활동

이 시에는 역설적인 표현이 등장합니다. 겉으로 보기에는 어울리지 않는 말이지만 함께 놓여서 깊은 뜻을 전달하지요. 아래 예시를 참고해서 역설적인 표현을 하나 만들어 보고 설명해 보세요.

- 형식: A는(은) B의 C.
- 표현: 눈물은 웃음의 씨앗.
- 설명: 마음껏 울고 나면 웃을 수 있는 힘이 생기기도 한다.

엄마의 역설법

이은솔

차 막히는데 뭐 하러 오냐
나이 들면 누가 오는 것도 싫어야
바빠서 하루가 어찌 가는지 모르는데
보고 싶긴 뭣이 보고 싶다고

감상 길잡이

이 시는 상대방에게 말을 거는 형식을 취하고 있습니다. "차 막히는데 뭐 하러 오냐"며 대상을 만류하고 "나이 들면 누가 오는 것도 싫어야"라며 거리를 두려고 하지요. 그러나 이 말을 있는 그대로 받아들여도 될까요? 누군가 오는 것이 부담스럽다는 말 속에는 오히려 부담을 주기 싫은 속마음이 엿보입니다. "하루가 어찌 가는지 모르"겠다며 바쁘다는 핑계를 대지만 결국 "보고 싶긴 뭘 이 보고 싶다고"에서 드러나는 감정은 강한 그리움입니다. 그리움과 애틋함을 부정함으로써 대상에 대한 깊은 감정이 선명하게 나타납니다.

나의 한 줄 평 ....

....

활동

건조한 표현 속에 누구보다 깊은 마음을 담아 본 적이 있나요? 있다면 왜 그랬는지 적어 봅시다.

벌레 먹은 나뭇잎

이생진

나뭇잎이 벌레 먹어서 예쁘다
귀족의 손처럼 상처 하나 없이
매끈한 것은
어쩐지 베풀 줄 모르는
손 같아서 밉다
떡갈나무 잎에 벌레 구멍이 뚫려서
그 구멍으로 하늘이 보이는 것은 예쁘다
상처가 나서 예쁘다는 것은
잘못인 줄 안다
그러나 남을 먹여 가며
살았다는 흔적은
별처럼 아름답다

감상 길잡이

우리는 상처 없이 매끈한 것을 예쁘다고 생각해요. 상하고 흉터가 남은 것은 볼품없어서 아쉽다고 여길 때가 많고요. 그런데 이 시를 쓴 시인은 다른 시선을 보여 줍니다. 시인은 상처 하나 없이 매끈한 나뭇잎에 대해 베풀 줄 모르는 손 같아서 오히려 밉다고 표현했어요. 그보다는 '벌레 먹은 나뭇잎'이 더 예쁘대요. 왜냐하면 그 잎은 누군가에게 자신을 내어 주었기 때문이에요. "잎에 벌레 구멍이 뚫려서/그 구멍으로 하늘이 보이는 것은 예쁘다"고요. 그 구멍은 단순히 상처가 아니라 다른 생명을 위해 자기를 내어 준 자리입니다. 흠이 아닌 별처럼 아름다운 흔적이지요. 어떤 삶이 정말 아름다운 삶일까요? 자기만 지키면서 매끈하게 살아가는 삶일까요? 아니면 조금 상처 입더라도 누군가에게 손을 내미는 삶일까요?

나의 한 줄 평 ....

....

활동

상처가 아름다울 수 있는 이유는 무엇일까요?

낙타

이장근

낙타는 혼자 갈 때도
혼자 가는 게 아니다

혹 하나 혹 둘
혹을 업고 간다

더위도 추위도 목마름도
혹이 있어 견딜 수 있다

나도 혼자 가지만
혼자 가는 게 아니다

꿈 하나
꿈 둘

아직 멀었지만
아직도 가고 있다

감상 길잡이

낙타의 모습을 떠올려 보세요. 등 위에 혹을 짐처럼 짊어지고 묵묵히 무더운 사막을 걸어가는 모습을요. 무거울 법도 하지만 사실 이 혹은 낙타에게 꼭 필요하답니다. 수분과 영양분을 저장했다가 무더운 사막에서도 살아남을 수 있게 도와주지요.

"혼자 갈 때도/혼자 가는 게 아니다"라는 이 시의 첫 구절을 다시 살펴볼까요. 우리도 혼자인 것처럼 보여도 혼자가 아니잖아요. 무겁지만 꼭 필요한 무언가를 곁에 두면서 살아가고 있지요. 그건 사람에 따라 다르겠지만 가족이나 친구일 수도 있고, 지키고 싶은 믿음이나 꿈일 수도 있겠습니다. 화자에게는 그것이 꿈이었나 봐요. 꿈을 꾼다는 건 어떤 날엔 혹처럼 버겁다가도 결국엔 우리에게 나아갈 힘을 주지요. 삶에서 무겁지만 소중한 것을 떠올리게 하는 시입니다.

나의 한 줄 평 ....

....

활동

여러분에게 '혹'이 있다면 그것은 무엇인가요?

까마귀 검다 하고

이직

까마귀 검다 하고 백로야 웃지 마라
겉이 검은들 속조차 검을쏘냐
겉 희고 속 검은 것은 너뿐인가 하노라

* **검을쏘냐** 검을 리가 있겠느냐.

감상 길잡이

'겉과 속이 다르다'라는 말 들어 본 적 있나요? 보통 이 표현은 겉으로는 깨끗하고 예의 바른 척하지만 속으로는 이기적이거나 못된 마음을 품고 있을 때 쓰는 말이지요. 이 시조는 바로 그런 사람을 풍자하기 위해 쓴 작품입니다. 겉으로는 고고한 백로처럼 보이지만 속으로는 그렇지 않은 마음을 품고 있는 자들을 비판하지요. 겉이 검다고 비판하지 말고 스스로를 돌아보라고요. '풍자'는 인물의 부정적인 면을 비틀어 우스꽝스럽게 표현하는 방식이에요. 시조는 조선 시대에 널리 쓰인 문학 갈래인데 이와 같은 풍자가 드러난 작품도 꽤 많습니다. 특히 조선 후기의 사설시조에서는 더 길고 자유로운 형식으로 풍자가 살아 있는 작품을 많이 찾아볼 수 있답니다.

나의 한 줄 평 ....

....

활동

왜 시인은 사람을 직접 비판하지 않고 새를 빌려 표현했을까요?

별

정진규

별들의 바탕은 어둠이 마땅하다
대낮에는 보이지 않는다
지금 대낮인 사람들은
별들이 보이지 않는다
지금 어둠인 사람들에게만
별들이 보인다
지금 어둠인 사람들만
별들을 낳을 수 있다

지금 대낮인 사람들은 어둡다

감상 길잡이

요즘에는 밤에도 도시의 불빛이 많아 별을 찾기 어렵습니다. 가로등 불빛조차 없는 깊은 산속이나 인적 드문 마을에 가게 된다면 밤하늘을 꼭 한번 올려다보세요. 밤하늘을 수놓은 별들, 대낮에는 볼 수 없는 아름다운 세상을 만날 수 있을 거예요. 마음이 어두울 때에도 비슷한 일이 일어납니다. 슬프고 힘들 때에야 평소에는 알기 어려웠던 다른 사람의 고통이나 외로움, 자기 삶의 소중함에 대해 새롭게 생각하게 되지요. 그래서 시인은 지금 어둠인 사람들만 별을 낳을 수 있다고 했나 봐요. 지금 마음이 대낮처럼 밝은 사람들은 익숙해져서 보지 못하는 것을, 어둠 속에 있는 사람들은 새로운 빛으로 발견할 수 있지요.

나의 한 줄 평 ....

....

활동

내 마음이 어둠일 때 오히려 알 수 있었던 것에 대해 이야기해 보세요.

봄 길

정호승

길이 끝나는 곳에서도
길이 있다
길이 끝나는 곳에서도
길이 되는 사람이 있다
스스로 봄 길이 되어
끝없이 걸어가는 사람이 있다
강물은 흐르다가 멈추고
새들은 날아가 돌아오지 않고
하늘과 땅 사이의 모든 꽃잎은 흩어져도
보라
사랑이 끝난 곳에서도
사랑으로 남아 있는 사람이 있다
스스로 사랑이 되어
한없이 봄 길을 걸어가는 사람이 있다

감상 길잡이

'길이 끝나는 곳'이라는 시의 첫 구절을 읽고 멸망한 세계를 떠올렸습니다. SF영화 속 디스토피아처럼 아무런 가능성도 남지 않은 세계를요. 그러나 시인은 "길이 끝나는 곳에서도/길이 있다"고 말합니다. 누군가 길이 된다고 합니다. 심지어 그 길을 '봄 길'이라고 합니다. 봄 길이란 모든 생명이 살아 움직이기 시작하는 공간이지요. 그런데 강물도, 새도, 꽃잎도 없는데 봄 길이라니. 모순된 표현에 놀랐다가도 결국 참뜻을 발견하게 됩니다. 이 시에서 봄 길은 희망이자 사랑을 뜻합니다. 시인은 스스로 사랑이 되는 사람을 기다려요. 메마른 길이더라도 반드시 올 봄 길에 대한 굳건한 믿음이지요. 미래와 인간을 향한 신뢰는 읽는 이에게도 찌르르한 감동을 전합니다.

나의 한 줄 평 ....

....

활동

시인은 왜 '걷는다'가 아니라 '걸어간다'라고 했을까요?

맛집

하상욱

내가
다른 걸까

내가
속은 걸까

감상 길잡이

맛집이라고 해서 찾아갔는데, 왜 내 입에는 맞지 않을까 고개를 갸우뚱한 경험이 한 번쯤은 있나요? 다들 좋다는데 나만 아닌 것 같은, 왠지 세상과 동떨어진 듯한 바로 그 기분. 그럴 때면 씁쓸하지요. 점점 사람들은 실패 없는 선택, 후회 없는 소비를 추구하지만 그래서 더 쉽게 광고에 휘둘리는 것 같아요. 이 시는 현대인이라면 누구나 공감할 만한 상황을 포착했습니다. 짧고 웃음을 유발하면서도 현실의 부정적인 면을 슬쩍 꼬집는 풍자가 숨어 있지요.

하상욱 시인의 시를 읽는 또 한 가지 재미는 제목에 있어요. 시를 친구에게 보여 줄 때는 제목을 가리고 퀴즈로 내 보세요. 읽고 나서 제목을 공개하면 '맛집'이라는 제목이 얼마나 재치 있게 붙인 제목인지 더욱 인상적으로 다가올 거예요.

나의 한 줄 평 ....

....

활동

다들 좋다는데 나만 아닌 것 같았던 순간이 있다면 이야기해 보세요.

신나는 악몽

박성우

기말고사 보려고 학교에 갔는데
고릴라가 교실을 비스킷처럼 끊어 먹고 있다

고릴라 곁에 있던 염소가
기말고사 시험지를 깡그리 먹어 치우고 있다

운동장에서는 능구렁이가
선생님들을 능글능글 가로막고 하품 중이다

쩔쩔매던 우리는 어쩔 수 없이
삼삼오오 모여 실컷 놀다가 집으로 간다

감상 길잡이

시험 날짜가 다가오면 도망가고 싶다는 생각을 해 본 적이 있나요? 시험지가 전부 사라진다거나, 학교가 갑자기 문을 닫는다거나 하는 상상 말이에요. 이 시에서는 그 상상이 기발하게 펼쳐집니다. 고릴라와 염소, 능구렁이가 학교를 점령해 버린 거죠. 시험을 보려고 해도 도저히 볼 수 없는 상황이 되어 우리는 어쩔 수 없이 실컷 놀다가 집으로 돌아올 수밖에 없습니다. 이 시의 제목 '신나는 악몽'은 낯선 표현이지만 시를 읽고 나면 참 절묘하게 어울린다는 걸 알게 됩니다. 우리가 일상에서 느끼는 부담감이나 압박을 시인의 상상력이 가볍게 만들어 주네요.

나의 한 줄 평 ....

....

활동

시에서는 고릴라, 염소, 능구렁이가 시험을 방해합니다. 여러분이라면 어떤 동물을 등장시켜 새로운 장면을 만들고 싶나요? 시험을 방해할 동물을 떠올려 보고, 그 상황을 상상해 한 줄 시로 써 보세요.

2부

마음의 목소리를 따라

여는 글

시는 누군가의 목소리로 쓰여요. 그 목소리를 우리는 '화자(話者)'라고 부르지요. 화자는 시인 자신일 수도 있지만, 때로는 다른 인물이나 사물, 혹은 보이지 않는 목소리일 수도 있어요. 그래서 시를 읽을 때는 "누가 말하고 있나?"라는 질문을 떠올리는 것이 중요합니다.

이번에는 보는 이나 말하는 이의 특성과 효과를 파악하며 시를 감상해 볼까요? 예를 들어, 박성우의 「발표, 나만 그런가」에서는 교실에서 발표를 앞두고 긴장하는 학생의 '마음의 목소리'가 들립니다. 그 시를 읽으면 "아, 나도 저랬지!" 하고 공감하게 되지요.

때로는 작은 사물이 화자가 되기도 해요. 김선우의 「작지만 온몸인 은빛 물고기처럼」은 작은 물고기의 반짝이는 눈으로 세상을 바라보게 합니다. 시는 이렇게 우리가 무심코 지나쳤던 것들의 목소리도 들려줍니다.

시 속의 화자가 누구인지, 어떤 상황에서 말하고 있는지 떠올리면서 읽어 보세요. 그러면 시 안에 담긴 목소리가 더욱 생생하고 풍부하게 다가올 것입니다.

눈사람

김륭

나는 손이 없어 나를 꼭 껴안아 줄 수는 없지만
새로 태어날 수는 있습니다.

추운 아이들과 함께 살기 위해
나는 발이 없지만 걸어서 왔습니다.

하늘을 꼭꼭 밟고 왔습니다.

감상 길잡이

첫 연에서 눈사람은 자기 모습을 솔직히 드러냅니다. "나는 손이 없어 나를 꼭 껴안아 줄 수는 없지만"이라고 말합니다. 담담하게 자신의 부족함을 인정하는 목소리입니다. 그런데 곧이어 "새로 태어날 수는 있습니다."라는 구절이 나옵니다. 손이 없어도 괜찮다고, 다시 시작할 수 있다고 다짐하는 듯합니다. 부족함을 그대로 받아들이면서도 희망을 잃지 않는 태도이지요.

두 번째 연에서는 "추운 아이들과 함께 살기 위해" 눈사람이 왔다고 합니다. 발은 없지만 걸어서 왔다고 말합니다. 눈사람이 실제로 걸었다는 의미가 아니라, 추운 아이들 곁에서 친구처럼 함께하고 싶다는 마음을 담은 표현입니다. 그래서 눈사람의 목소리는 차갑지 않고 다정하게 들립니다.

마지막 연에서는 "하늘을 꼭꼭 밟고 왔습니다."라는 표현이 등장합니다. 마치 애니메이션의 한 장면처럼 동글동글한 눈사람이 뒤뚱거리며 다가오는 모습이 그려집니다. 눈은 원래 하늘에서 내리지만, 시 속의 눈사람은 마치 하늘을 밟고 세상에 온 특별한 친구처럼 그려집니다. 따라서 눈사람은 단순한 눈덩이가 아니라 아이들과 함께하려고 먼 길을 온 존재처럼 보입니다. 팔과 발은 없어도 따뜻한 마음을 가진 친구, 그 마음이 흰 눈처럼 깨끗합니다.

나의 한 줄 평 ....

....

활동

1. 「눈사람」에서처럼 사물 한 가지를 골라 사람처럼 표현해 봅시다. 이러한 표현 방법을 의인법이라고 합니다. 의인법은 본래 소리를 내거나 움직이지 못하는 사물이나 자연물에 생명을 불어넣어 생생하게 드러내는 기법입니다. 의인법을 활용하면 대상이 한층 더 친근하게 느껴지고, 글 속에서 따뜻한 공감과 정감을 전달할 수 있습니다.

2. 다음 예시에서 하나의 주제를 골라, 의인법을 활용해 사물 혹은 자연물에 생명력을 담은 표현을 써 봅시다.

   • 연필, 신발, 시계

작지만 온몸인 은빛 물고기처럼

김선우

나는 새들의 말을 알아들을 수 없고
가난한 사람들을 부자로 만들 수 없고
지진, 화산 폭발, 가뭄, 홍수를 막을 수 없고
학교를 없애 버릴 수 없어

하지만 나는 새들에게 내 식대로 인사할 수 있고
교실 구석에서 시들어 가는 화분에 물을 줄 수 있고
지하철 좌석을 할머니에게 양보할 수 있고
지진으로 집을 잃은 지구 저편 아이들을 위해 내 용돈 삼천원을 보낼 수 있고
물을 함부로 낭비하지 않으려고 노력할 수 있고
학교 도서관에서 더 넓은 세상의 책들을 읽을 수 있고
경비 아저씨에게 감사의 인사를 드릴 수 있고
좀 더 나은 세상을 위해 노력하는 시민들을 응원하는 "좋아요"를 표현할 수 있고
내 방을 내가 청소할 수 있고
식구들을 위해 설거지를 할 수 있어
무엇보다 나는 어떤 행동을 할 때

그것이 나와 더불어 사는 사람들을 위해
도움이 되는 것인지 고민할 수 있어
적어도 한 번 더 생각하고 행동할 수 있어

나는 아직 어리지만
파도를 헤쳐 나가는 용감한 은빛 물고기처럼
온몸으로 물보라를 일으키며 나의 길을 갈 수 있어

감상 길잡이

‘작지만 온몸인 은빛 물고기처럼’이라는 제목은 그 자체로 시처럼 느껴집니다. 몸집은 작아도 용감하게 살아가려는 의지를 드러내기 때문이지요. 화자는 먼저 자신이 할 수 없는 일들을 고백합니다. 새들의 말을 알아듣거나, 가난을 없애거나, 지진과 홍수 같은 재해를 막는 일은 누구도 쉽게 해결할 수 없는 큰 문제들입니다.

이어서 “하지만 나는”이라는 구절에서 분위기가 달라집니다. 이번에는 자신이 할 수 있는 일을 하나씩 떠올립니다. 시든 화분에 물을 주는 일, 지하철에서 자리를 양보하는 일, 작은 용돈을 모아 아이들을 돕는 일 등이지요. 사소해 보이지만 누군가의 마음을 다정하게 바꾸는 힘이 있습니다. 특히 “적어도 한 번 더 생각하고 행동할 수 있어”라는 말에는 작지만 강한 용기가 배어 있습니다.

마지막에 화자는 자신을 ‘은빛 물고기’에 비유합니다. 거센 파도 속에서도 물보라를 일으키며 헤엄치는 작은 물고기, 그러나 반짝이는 힘을 지닌 존재입니다. 이 시가 전하는 메시지는 거창하지 않습니다. 오늘 내가 할 수 있는 작은 행동부터 실천하자는 것입니다. 그 마음들이 모여 ‘나’라는 큰 물결을 이룹니다.

나의 한 줄 평 ....

....

활동

이 시는 “하지만 나는 ~할 수 있어”라는 말로 자신의 실천을 이어 나가게 합니다. 이를 참고하여 “하지만 나는 ~할 수 있어”라는 말로 내가 지금부터 할 수 있는 작은 실천을 세 가지 적어 보세요.

밥 먹었니?

김선우

우리 엄마 아빠도
선생님도 자주 하는 말인데
똑같은 말인데

네가 오늘 내게 한
이 말을 떠올리면
가슴이 간질간질해
햇볕이 새싹에 닿은 것처럼
자꾸만 심장이 간질간질해

밥 먹었니?
물어 준 네 생각 하다가
네가 저만치 나타나면
재채기가 날 것처럼
목 안이 간질간질해

밥 먹었니?
대체 이게 뭐라고

감상 길잡이

"밥 먹었니?"라는 말, 하루에도 몇 번씩 듣지요. 부모님, 친구, 선생님이 무심히 건네는 인사 같지만, 누가 해 주느냐에 따라 마음에 닿는 울림은 달라집니다.

시 속 화자도 그렇습니다. 그냥 지나칠 수도 있는 말이었지만, "네가" 해 준 말이기에 특별해집니다. 그런 말을 들으면 햇살이 새싹에 내려앉을 때처럼 따뜻하고, 재채기를 하기 직전의 순간처럼 설레는 떨림이 전해집니다. 흔한 인사가 특별한 울림으로 다가오는 것이지요. 특히 "간질간질"이라는 표현이 간지러운 마음을 잘 보여 줍니다.

여러분도 누군가의 한마디에 웃었던 경험이 있지 않나요? 별것 아닌 순간에 마음이 설레기도 하고요. 화자는 마지막에 "대체 이게 뭐라고"라고 말합니다. 스스로 설명할 수 없는 감정이지만, 하찮은 것은 아닙니다. 오히려 이유를 모를수록 오래 남고, 알고 싶어집니다. 결국 "밥 먹었니?"라는 말 한마디가 누군가의 하루를 따뜻하게 데워 줄 수 있다는 사실, 여러분도 잘 알고 있을 거예요.

나의 한 줄 평 ....

....

활동

평범한 인사말을 하나 골라 특별한 상황과 연결해 봅시다. 마지막에는 소리나 모양을 흉내 내는 말을 덧붙여 표현해 보세요. 귀로 들리는 소리나 눈으로 보이는 모습이 그대로 살아나 글이 생생해집니다.

작은 씨앗

박남준

비가 내린 들녘이 날 품어 안았어요
수줍은 싹을 내밀었구요
눈뜨면 세상은 경이로 다가왔어요
햇빛과 단비와 바람의 노래
그 푸른 생명의 세상 말이에요
때로 목마름으로 불볕의 시간
견뎌야 했어요 버림받은 목숨처럼
불모의 황지에 혼자 남은 느낌이었어요
가을은 쓸쓸했으며 긴 겨울은
아무도 날 찾지 않았으므로
아무도 날 눈여겨보지 않았으므로
견뎌야 했어요 눈물짓던 많은 밤
많은 날들이 강물로 그 물결로
노 저어 갔어요
이제 나는 큰 벌판의 뿌리 깊은 나무

* **경이** 놀라울 만큼 신기함. 또는 그럴 만한 일.
* **불모** 아무 식물도 자라지 않음.
* **황지** 일구지 않고 버려두어 거칠어진 땅.

지친 새들이 날아와 작은 작은 꿈을 꾸고
일하는 자의 더운 땀을 식히는
시원한 그늘의 나무
날마다 그 오랜 한 가지의 소원
별빛에 실어 띄웠어요

감상 길잡이

「작은 씨앗」은 조용히 노래하는 시처럼 들립니다. 그러나 곰곰 살펴보면 단순히 식물의 씨앗을 묘사한 게 아니라, 우리 자신의 모습도 비춰 보게 합니다.

첫 부분에서 씨앗은 비와 햇빛, 바람을 만나 세상을 경이롭게 경험합니다. 마치 아기가 세상을 처음 바라볼 때처럼 모든 것이 신기하고 놀라운 순간이지요. 그러나 씨앗의 길은 늘 평탄하지 않았습니다. "불볕의 시간"을 견뎌야 했고, "아무도 날 찾지 않았으므로"라는 외로움도 털어놓습니다. 가뭄과 겨울은 우리 삶의 힘든 시기와도 닮아 있습니다.

그럼에도 씨앗은 포기하지 않고 마침내 "뿌리 깊은 나무"가 됩니다. 지친 새들이 쉬고, 일하는 사람들이 땀을 식히도록 그늘을 드리우지요. 화자가 자신을 "시원한 그늘의 나무"로 표현한 것은 고통을 이겨 내고 이제는 다른 이를 품어 줄 수 있는 존재로 성장했음을 보여 줍니다.

마지막에 화자는 "날마다 그 오랜 한 가지의 소원/별빛에 실어 띄웠어요"라고 말합니다. 씨앗의 소원은 큰 나무가 되어 다른 생명까지 보듬어 주는 것이었지만, 여러분의 소원은 또 다를 것입니다. 그 소원을 떠올리며 자신만의 씨앗을 심어 보세요.

나의 한 줄 평 ....

....

활동

1. 이 시는 '내가 씨앗이라면'이라는 상상을 시작으로, 자라서 어떤 나무가 되고 싶은지를 비유적으로 표현했습니다. 직유법은 '마치 ~같다' '~인 양' '~처럼' '~듯이'와 같은 표현과 함께 자주 쓰입니다. 직유법을 써서 여러분이 되고 싶은 모습을 표현해 보세요.

2. 은유법은 '~같이' '~처럼'이라는 말이 없이도 어떠한 개념이나 사물을 다른 것에 비유하여 그 특성을 강조하거나 이해를 돕는 표현법이지요. 은유법을 써서 짧은 문장을 만들어 봅시다.

발표, 나만 그런가?

박성우

말은 입안에 꽉 차 있는데 입이 떨어지지가 않아
겨우 개미만 한 말만 기어 나와 웅얼웅얼 웅얼거려
겨우겨우 꺼낸 말은 불어 터진 면발처럼 뚝뚝 끊어져
겨우겨우 꺼낸 말은 오토바이를 타고 씽씽 지나가
자 천천히 발표하도록 하자, 선생님 말을 들으면
아, 어디까지 말했더라? 말은 배배 꼬여 나오고
머릿속은 텅 빈 교실처럼 텅 빈 운동장처럼 텅텅 비어
오징어가 된 몸을 흐느적흐느적 흐느적대다 보면
입술은 바짝바짝 말라 오고 다리는 후들후들 떨려 와
우물우물 나오려던 말조차 목구멍 속으로 쏙 들어가
정신 바짝 차리고 아랫배에 힘을 주고 말하려 하면
방귀가 나올 것만 같고, 갑자기 오줌은 마려 오고
자 힘내라고 박수 한 번 쳐 주자, 짝짝 짝짝짝
얽히고설킨 말과 생각은 실처럼 꼬여 헝클어지고
하려고 하는 말은 안 나오고 애먼 말만 삐져나와
눈치코치도 없이 어이없는 웃음만 실실 나오려 해
떠듬떠듬 중얼중얼 흐느적흐느적 버벅대다가
무슨 말을 했는지도 모르게 떠들다 발표를 마쳐

고개를 푹 숙이고 멋쩍게 돌아가 자리에 앉으면
원래 내가 발표하려고 했던 말들이 줄줄이 생각나

감상 길잡이

발표라는 말만 들어도 가슴이 철렁 내려앉는 사람들이 있어요. 머릿속은 할 말로 가득한데 막상 입을 떼면 목소리는 작아지고, 말은 뚝뚝 끊깁니다. 다리는 후들거리고 손에는 땀이 맺히고요. 여러분도 이런 경험, 한 번쯤 있지 않나요?

시 속 화자도 그렇습니다. "말은 입안에 꽉 차 있는데 입이 떨어지지가 않아" 하고픈 말은 많은데 개미 같은 목소리만 나오고, 끊어진 면발처럼 말이 이어지지 않습니다. 이렇게 발표할 때 느끼는 불안과 우스꽝스러운 모습이 시 속에서 생생히 그려집니다.

상황은 점점 꼬입니다. 머릿속은 텅 비고, 몸은 오징어처럼 흐느적거리고, 다리는 떨려 옵니다. '아랫배에 힘을 주면 방귀가 나올 것 같고, 갑자기 오줌이 마려 온다'는 구절에서는 웃음이 터지지요. 그만큼 발표할 때 마음이 얼마나 긴장되는지를 보여 줍니다. 그리고 발표가 끝난 뒤에야 뒤늦게 할 말이 떠오릅니다. "원래 내가 발표하려고 했던 말들이 줄줄이 생각나"라는 표현에 참 공감되지 않나요? 읽다 보면 '아, 나만 그런 게 아니구나' 하고 위로가 됩니다.

그런데 발표를 꼭 완벽히 해야 할까요? 다리도 덜덜 떨고, 말도 꼬이고, 중간에 멈칫해도, 어쩌면 그게 더 솔직한 모습 아닐까요? 그러니 다음 발표 시간에 속으로 이렇게 말해 보세요. "또 오징어가 될 수도 있지. 근데 그러면 어때?"

나의 한 줄 평 ....

....

활동

1. 발표할 때 떨리는 마음을 다른 사물에 비유해 보도록 합시다. 이어서 발표의 단점과 장점을 반대되는 문장으로 써 볼까요? 이때 사용되는 것이 비유법과 대조법입니다. 익숙한 감정을 낯선 이미지로 빗대어 표현하면 새롭게 느껴지고, 상반된 모습을 나란히 보여 주면 대비 효과가 커집니다.

2. 아래 예시에 각각 어떤 표현법이 활용되었는지 적어 봅시다.

   • 내 마음이 시계 초침처럼 초조하다.
   • 시험은 무섭지만, 나를 한 걸음 성장시킨다.

도넛을 나누는 기분

유희경

바스락대는 봉투에서
도넛을 꺼내려는
밤의 버스 정류장.
버스는 아직 오지 않고.
버스는 아직 오지 않아도 좋고.
그런 밤의 버스 정류장.
자, 도넛을 꺼낸다.
그런데 어째서
도넛은 손끝으로 집는 거지.
아슬아슬하게.
까슬
까슬
까무룩
떨어지고 쌓여 가는 설탕 가루.
하얀 그림자를 딛고
발끝으로 서는 기분. 하지만
버스는 아직도 오지 않았어.
여전히 밤의 버스 정류장.

꺼낸 도넛을 반으로 가른다.
집으로 돌아가려 함과
집으로 가고 싶지 아니함처럼.
정확히 나누었는지 묻지 않기.
버스가 오려는 방향 쪽으로
나란히 시선을 두는 것뿐이다.
반절만 건네고. 반절은 물고.
손끝을 비비면서 털어 내면서.
어디서 났는지 묻지 말기.
마실 거 없는지 묻지 말기.
밤하늘에 별이 있다고
사기 치지 말기. 그저
설탕 가루가 묻은 입술로
휘파람 불기. 밤의 버스 정류장에서.
오지 않는 개를 부르듯 이제
버스가 와 주었으면 하는 마음으로.

감상 길잡이

제목부터 참 귀엽지요. '도넛을 나누는 기분'이라는 말은 사소한 장면처럼 보이지만, 읽다 보면 설명하기 어려운 감정이 숨어 있습니다. 이 시의 배경은 밤의 버스 정류장입니다. 버스는 아직 오지 않았고, 화자는 들고 있던 봉투에서 도넛을 꺼냅니다. 그런데 단순히 먹는 모습이 아니라, 손끝에 묻는 설탕 가루, 까슬하게 떨어지는 감촉, 발끝으로 서 있는 듯한 긴장까지 섬세하게 표현하지요.

버스를 기다리는 시간은 유난히 길게 느껴집니다. 그 고요 속에서 설레면서도 쓸쓸한 마음이 번갈아 스칩니다. 화자가 도넛을 반으로 나누는 순간, 마음 또한 반으로 나뉘는 듯하지요. "집으로 돌아가려 함과/집으로 가고 싶지 아니함처럼"이라는 구절이 그 감정을 잘 보여 줍니다. 우정이란 정확하게 반으로 나누는 것보다 함께 나누려는 마음이 더 중요합니다.

또한 "어디서 났는지 묻지 말기./마실 거 없는지 묻지 말기./밤하늘에 별이 있다고/사기 치지 말기."라는 부분은 두 사람만의 은근한 약속처럼 읽힙니다. 꼭 설명하지 않아도 알 수 있는 친밀함이 전해지지요.

누군가와 도넛을 나눠 먹어 본 적 있나요? 사실 반쪽짜리 도넛은 조금 아쉽기도 한데, 이상하게도 혼자 먹을 때보다 더 맛있을 때가 있죠. 중요한 건 도넛이 아니라, 그 순간을 함께 경험했다는 사실일 테니까요.

나의 한 줄 평 ....

....

활동

1. 누군가와 함께 음식을 나누어 먹었던 순간을 떠올려 봅시다. 그때의 맛, 냄새, 촉감 같은 감각을 구체적이고 생생하게 표현한 것을 감각적 이미지라고 합니다. 감각적 이미지를 활용하면 글 속에 오감이 살아 움직이듯 드러나, 장면이 더욱 실감나게 느껴집니다.

2. 아래 소재 중 하나를 골라 오감을 활용하여 음식을 먹었을 때의 기분을 표현해 봅시다.

    • 바닐라아이스크림, 매운 떡볶이, 씁쓸한 커피

어쩌면

오은

우리는 친구가 될 수 있을지도 몰라
가방은 달라도
가방에 든 책이 같으니까
페이지가 넘어갈 때마다
시시각각 변하는 꿈이 있으니까

주말에 함께 영화를 볼 수도 있겠지
떡볶이를 먹고 맛있다고 호들갑도 떨고
가까워지면
서로의 고민도 하나씩 털어놓겠지

주말에 뭐 해?
공중에 대고 밤새 연습했는데
말이 떨어지지 않네
고백을, 고민을 털어놓을 데가 없네

마른 땅만 툭툭,

감상 길잡이

새로운 친구를 사귈 때는 언제나 조심스럽습니다. "우리는 친구가 될 수 있을지도 몰라". 이 말 안에는 설렘과 두려움이 함께 담겨 있지요. 같은 책을 가방에 넣고 다닌다는 사실, 그런 사소한 공통점이 친구의 가능성을 열어 줍니다. 나도 읽는 책을 너도 읽는다는 발견이 마음을 조금 열어 주는 순간이 되지요.

상상은 점점 커집니다. 함께 영화를 보고, 떡볶이를 먹으며 웃는 장면이 그려집니다. 아직 일어나지 않은 일이지만 마음속에서는 이미 여러 번 겪은 듯 생생합니다. 가까워지면 고민도 나눌 수 있으리라 믿지만, 상상이기 때문에 여전히 닿지 못한 거리감이 남아 있습니다. 마음은 먼저 달려가는데 현실은 그대로이지요.

"주말에 뭐 해?" 그 말을 하려고 화자는 밤새 연습하지만 막상 눈앞에서는 말이 떨어지지 않습니다. 누구나 겪어 본 순간입니다. 하고 싶은 말이 끝내 입술을 떠나지 못할 때, 공기는 무겁게 가라앉고 시간은 더디게 흐릅니다.

"마른 땅만 툭툭,"이라는 구절은 아쉬움에 발로 땅을 툭툭 차는 소리처럼 들립니다. 간절했기에 더 공허하고, 그만큼 아쉽고 쑥스러운 마음이 드러나지요. 아직 친구가 되지 못했지만, 친구가 되고 싶은 바람이 가득 차 있는 상태. 그 어색하고 서툰 마음이 오히려 더 진실하게 다가옵니다.

나의 한 줄 평 ....

....

활동

1. 친구가 되기 위해 필요한 조건을 "만약 네가 내 비밀을 끝까지 지켜 준다면"과 같이 가정문으로 써 보세요. '만약'이라는 말을 넣은 가정법 문장을 통해, 상황을 상상하며 표현하는 방법을 배울 수 있습니다.

2. 반대로 나는 상대에게 어떤 친구가 되고 싶나요? 이번에도 가정법을 활용해 적어 보세요.

딸기

이재무

오십 리 길 짐차에 실려 왔어유
멀미도 가시기 전에
낯선 거리 쏴댕기면서
지 몸 살 사람 찾고 있지유
목마름은 이냥저냥 견딜 수 있슈
헌디, 볼기짝 쥐어뜯으며
살결이 거칠다느니
단맛이 무르다느니 허진 말어유
지 몸이 그냥 지 몸인가유
이만한 몸띵이 하나 살리기 위해서도
하느님 손 농부 손 고루 탔어유
그러니께 지폐 한 장으루다
우리 식구 사돈에 팔촌까지 두루 사 가는 선상님들
몸값이나 후하게 쳐주셔야겄슈

감상 길잡이

"오십 리 길 짐차에 실려 왔어유"라는 첫 구절부터 충청도 사투리가 친근하게 다가옵니다. 이 말투 덕분에 딸기는 단순한 과일이 아니라 살아 있는 사람처럼 다가옵니다. 겉으로는 시장에서 팔리는 딸기 이야기 같지만, 그 속에는 농민의 땀과 하늘(자연)의 손길, 그리고 생명의 무게까지 담겨 있습니다.

화자는 목마름은 견딜 수 있다고 말합니다. 하지만 더 힘든 건 함부로 흠잡는 말이라고 해요. "살결이 거칠다" "단맛이 무르다" 같은 말은 곧 농부의 손길을 무시하는 말로 들립니다. 그래서 "지 몸이 그냥 지 몸인가유"라는 구절이 더 뭉클하게 다가옵니다. 딸기 안에는 그것을 길러 낸 이들의 땀과 시간이 함께 담겨 있기 때문입니다.

딸기는 자신을 키운 사람들을 떠올립니다. "우리 식구 사돈에 팔촌까지 두루 사 가는"이라는 표현은 농사가 한 집안만의 일이 아니라 마을 전체가 함께 짊어지는 일임을 보여 줍니다. 그래서 "몸값이나 후하게 쳐주셔야겄슈"라는 말은 그저 비싼 값을 달라는 게 아니라, 그 안에 담긴 노고와 생명을 존중해 달라는 부탁으로 들립니다.

이 시를 읽고 나면 달콤한 딸기 한 알을 대하는 우리의 마음도 조금 달라지지 않을까요?

나의 한 줄 평 ....

....

활동

1. 시장에 가면 정말 다양한 물건들이 있어요. 이번에는 그 물건이 "만약 나였다면" 하고 상상해 보세요. 의인화해서 하루 동안의 일기를 쓰듯 표현하는 거예요. 예를 들어, "나는 매일 새벽부터 깨어 있는 참외야. 오늘도 손님이 나를 집어 들었다가 내려놓았어."처럼 적을 수 있지요. 마지막에는 그 물건 속에 담긴 사람들의 땀과 노력이 어떤 모습으로 숨어 있는지도 덧붙여 보세요. 이렇게 표현해 보면 단순한 물건 하나도 우리 사회와 긴밀히 이어진 것임을 알 수 있답니다.

2. 읽었던 시나 소설 중 의인법을 활용하여 지어진 작품이 있나요? 생각나는 작품의 제목을 적어 보세요.

시 창작 시간

조향미

오늘은 우리도 짧은 시 한 편 써 보자
그동안 배운 비유와 상징 이미지도
때깔 좋게 버무려 맛있는 시를 빚어 보렴
말 끝나기도 전에 으아—
인상 찌푸리며 비명 질러 대던 아이들은
시제 두어 개를 칠판에 써 놓으니
금방 연필 들고 공책 위에 납작 몸을 낮춘다
먹이 앞에 순해지는 강아지처럼
소풍날 보물찾기 나선 꼬마들처럼
녀석들이 이제 무얼 찾아 들고 나타날까
갓 피어난 별꽃 한 점일까
오래전에 잃어버린 무지갯빛 구슬일까
짐짓 가려 둔 흉터일까
이마 짚고 턱 괴며 골똘한 얼굴들
교실에는 아련한 눈빛으로 팔랑팔랑
시의 꽃가루를 찾는 나비도 몇 마리 있다

* **시제** 시의 제목이나 제재.
* **아련하다** 또렷하거나 분명하지 않고 희미하다.

물론, 선뜻 씹히지 않는 생의 먹잇감에
끙끙대며 씨름하는 강아지들이 더 많다
만지작거리다 밀어 놓은 언어의 허물
책상 위에 지우개 가루만 소복이 쌓인다
그 속에 사금처럼 시가 반짝이고 있다

* **사금** 모래나 자갈 속에 섞인 금.

감상 길잡이

"시를 써 보자!" 선생님이 말하면 아이들은 "으아!" 하고 얼굴을 찌푸립니다. 시가 낯설고 어렵게 느껴지기 때문이지요. 그런데 칠판에 시제가 몇 개 적히자 분위기가 달라집니다. 아이들은 연필을 움켜쥐고 공책에 몸을 낮춥니다. 꼭 보물찾기하는 아이들처럼 들뜨지요. 글짓기를 앞둔 여러분도 그렇지 않나요? 시작은 막막하지만, 막상 쓰기 시작하면 조금은 기대가 생기기도 하지요.

화자는 아이들이 어떤 시를 쓸지 상상합니다. '별꽃 한 점' '무지갯빛 구슬' '가려 둔 흙터'. 소재는 다르지만 모두 반짝입니다. 지금 마음속에 떠오르는 장면 하나가 있다면 그것이 곧 시의 씨앗일지도 모릅니다. 교실 풍경도 다양합니다. 어떤 아이는 "시의 꽃가루를 찾는 나비"처럼 설레고, 어떤 아이는 끙끙대며 지우개를 만지작거립니다. 책상 위에 쌓인 지우개 가루는 실패의 흔적 같지만, 시인은 그 속에서 '사금처럼 반짝이는 시'를 봅니다.

시를 쓰는 일은 고치고 지우는 그 순간에도 이미 빛납니다. 여러분도 지우개 가루 속에서 빛나는 사금을 발견하고 있지 않나요?

나의 한 줄 평 ....

....

활동

「시 창작 시간」은 시 쓰기를 낯설고 어렵게만 느끼던 아이들이, 막상 시제를 만나 글을 쓰기 시작하면서 기대와 설렘을 표현하는 모습을 담고 있습니다. 그렇다면 여러분은 선생님이 고마웠던 순간이 있었나요? 선생님이 건네 준 다정한 말, 따뜻한 표정, 작은 행동을 떠올려 보고, 그 마음을 담아 선생님께 감사의 시를 지어 봅시다.

3부

시대의
숨결 속에서

여는 글

시는 혼자만의 상상으로 태어나지 않습니다. 그 시대의 모습과 사회 문제, 그리고 시인이 살던 문화적 배경이 함께 담깁니다. 그래서 작품을 제대로 이해하려면, "이 시가 어떤 시대와 사회 속에서 쓰였을까?"를 생각해 보아야 합니다. 즉, 사회적 상황을 이해하며 감상해야 하는 것이지요.

이상화의 「빼앗긴 들에도 봄은 오는가」는 일제 강점기의 아픔을 담고 있습니다. 아무리 나라를 빼앗겼어도 봄은 어김없이 오기에, 민족의 희망을 포기할 수 없다는 메시지를 전해 주지요. 이처럼 시대적 맥락을 알면, 시는 단순한 노래가 아니라 역사와 연결된 하나의 노래임을 알 수 있어요.

현대시에서도 그 시대의 사회적 배경은 작품에 드러나기 마련입니다. 이병일의 「마스크 유행」처럼 코로나 시대라는 특별한 상황을 드러내기도 해요. 시는 시대의 숨결을 담은 그릇이에요. 따라서 시인이 살아 낸 시대와 사회를 이해하며 읽으면, 우리는 시를 통해 과거와 현재, 그리고 우리 자신의 삶을 더욱 폭넓게 이해할 수 있습니다.

마스크 유행

—인스타그램 1

이병일

마스크 쓰고 학교에 간다
코로나19 때문에 어쩔 수 없다
마스크는 또 하나의 얼굴이 되었다

마스크 쓰고 여행을 가고
마스크 쓰고 시험을 보고
마스크 쓰고 극장에 가고
마스크 쓰고 졸업을 하게 되었다
마스크 쓴 얼굴보다
초록빛 명찰이 더 잘 보였다

마스크는 얼굴보다 이름을 빛내 주었다

감상 길잡이

이 시는 코로나19 시대의 일상을 보여 줍니다. 그로부터 어느덧 몇 해가 흘렀는데 그 당시는 외출할 때마다 마스크 착용이 필수였지요. 사람들은 마스크를 쓰고 학교에 가고, 여행을 가고, 시험을 보고, 극장에 가고, 졸업식도 했습니다. 마스크가 어느새 또 하나의 얼굴이 된 것이지요. 이렇게 달라진 일상 속에서 사람들의 인식과 인간관계도 변했어요. 시에서 "마스크는 얼굴보다 이름을 빛내 주었다"라는 표현은 마스크 때문에 얼굴보다는 이름에 먼저 눈길이 간다는 뜻입니다. 그 시기 변화된 현실의 단면을 잘 드러내는 대목이지요. 이처럼 시에는 시를 쓸 당시의 사회 분위기나 사람들의 태도 등이 담깁니다. 언제가 지금 우리의 모습도 한 편의 시로 남겠지요.

나의 한 줄 평 ....

....

활동

우리 사회의 모습을 시에 담는다면 어떤 소재를 선택하고 싶은가요?

얼굴반찬

공광규

옛날 밥상머리에는
할아버지 할머니 얼굴이 있었고
어머니 아버지 얼굴과
형과 동생과 누나의 얼굴이 맛있게 놓여 있었습니다
가끔 이웃집 아저씨와 아주머니
먼 친척들이 와서
밥상머리에 간식처럼 앉아 있었습니다
어떤 때는 외지에 나가 사는
고모와 삼촌이 외식처럼 앉아 있기도 했습니다
이런 얼굴들이 풀잎반찬과 잘 어울렸습니다

그러나 지금 내 새벽 밥상머리에는
고기반찬이 가득한 늦은 저녁 밥상머리에는
아들도 딸도 아내도 없습니다
모두 밥을 사료처럼 퍼 넣고
직장으로 학교로 동창회로 나간 것입니다
밥상머리에 얼굴반찬이 없으니
인생에 재미라는 영양가가 없습니다.

감상 길잡이

'혼밥'이라는 말이 흔한 요즘입니다. 그러나 함께하는 식사 문화가 일반적이었던 과거에는 밥을 혼자 먹는 모습이 오히려 낯설었지요. 점차 바쁘게 돌아가는 생활이나 가족 구성원의 변화 등 사회 문화적 변화가 식사 풍경을 바꾸어 놓았습니다.

옛날 밥상에는 할아버지, 할머니, 부모님, 형제자매, 친척과 이웃까지 '얼굴반찬'이 가득했습니다. 풀잎반찬과 함께 온기가 넘치던 자리였지요. 하지만 오늘날의 밥상머리는 많이 달라졌습니다. 새벽이나 늦은 저녁에 먹는 식사는 고기반찬이 있어도 함께하는 이가 없어 쓸쓸합니다. 시인은 '얼굴반찬'이라는 표현을 써서 함께 식사하는 정이야말로 인생의 영양가이자 삶의 참맛임을 전하고 있습니다.

나의 한 줄 평 ....

....

활동

다시 함께하고 싶은 '얼굴반찬'을 떠올려 보고 그 사람을 떠올린 이유를 이야기해 보세요.

가난한 사랑 노래

—이웃의 한 젊은이를 위하여

신경림

가난하다고 해서 외로움을 모르겠는가
너와 헤어져 돌아오는
눈 쌓인 골목길에 새파랗게 달빛이 쏟아지는데.
가난하다고 해서 두려움이 없겠는가
두 점을 치는 소리
방범대원의 호각 소리 메밀묵 사려 소리에
눈을 뜨면 멀리 육중한 기계 굴러가는 소리.
가난하다고 해서 그리움을 버렸겠는가
어머님 보고 싶소 수없이 뇌어 보지만
집 뒤 감나무에 까치밥으로 하나 남았을
새빨간 감 바람 소리도 그려 보지만.
가난하다고 해서 사랑을 모르겠는가
내 볼에 와 닿던 네 입술의 뜨거움
사랑한다고 사랑한다고 속삭이던 네 숨결
돌아서는 내 등 뒤에 터지던 네 울음.
가난하다고 해서 왜 모르겠는가

* **점** 예전에, 시각을 세던 단위. 괘종시계의 종 치는 횟수로 세었다.

가난하기 때문에 이것들을
이 모든 것들을 버려야 한다는 것을.

감상 길잡이

이 시에는 "~겠는가"로 끝나는 의문문이 여러 번 나옵니다. 시인이 말하고 싶은 것을 강조하기 위해 이런 표현법(설의법)을 쓴 것이지요. 가난하다고 해서 외로움, 두려움, 그리움, 사랑을 모를까요? 그렇지 않지요. 가난한 사람도 혼자 돌아오는 밤길은 외롭습니다.

이 시의 화자는 고향을 떠나 도시에서 가난하게 살아가는 젊은이입니다. '야간 통행금지' 제도가 있던 시절, 통금 시간을 단속 중인 "방범대원의 호각 소리"에, 혹은 장사꾼의 "메밀묵 사려 소리"에 잠에서 깨면, 멀리서 들려오는 "육중한 기계 굴러가는 소리"가 두렵기도 합니다. 이 시의 시대적 배경인 1970~1980년대에는 노동자들이 하루 10시간 이상의 고된 노동을 하며 적은 월급으로 먹고 살아야 했고, 억압적인 정치 현실이 사람들의 일상을 짓눌렀지요. 그러나 그 속에서도 화자는 고향의 어머니를 그리워하고 사랑하는 사람과 나눈 순간을 생생하게 떠올립니다. 가난하다고 해서 이런 감정을 모르는 것은 아니니까요. 시인은 가난 속에서도 버릴 수 없는 것들을 따뜻한 시선으로 그려 냅니다. 사람들의 소중한 감정마저 빼앗는 현실을 안타까워합니다.

나의 한 줄 평 ....

....

활동

시인이 이 시의 부제를 '이웃의 한 젊은이를 위하여'라고 붙인 의도는 무엇일까요?

산에 언덕에

신동엽

그리운 그의 얼굴 다시 찾을 수 없어도
화사한 그의 꽃
산에 언덕에 피어날지어이.

그리운 그의 노래 다시 들을 수 없어도
맑은 그 숨결
들에 숲속에 살아갈지어이.

쓸쓸한 마음으로 들길 더듬는 행인(行人)아.

눈길 비었거든 바람 담을지네
바람 비었거든 인정 담을지네.

그리운 그의 모습 다시 찾을 수 없어도
울고 간 그의 영혼
들에 언덕에 피어날지어이.

* **행인** 길을 가는 사람.
* **-ㄹ지어이** 말하는 이의 소망과 믿음을 강조하는 예스러운 종결 어미.

감상 길잡이

'그'는 이 자리에 없어요. 다시 돌아올 수도 없지요. 하지만 화자는 그가 화사한 꽃으로 피어나기를 바랍니다. 이렇게 본다면 이 시는 '울고 떠난 맑은 숨결을 지닌 이'를 기리는 시로 읽을 수 있습니다. 그의 맑은 숨결이 들과 숲에 남아 있을 것이기에, 화자는 쓸쓸한 마음으로 들길을 걷는 이에게 말합니다. 마음이 쓸쓸하다면 바람을, 바람이 없다면 사람의 인정을 담으라고요. 그의 뜻이 누군가에게 이어지기를 바라는 희망의 메시지를 담고 있는 것이지요.

이 시가 쓰인 배경을 이해하면 '그'의 의미가 더욱 분명해집니다. 신동엽 시인은 4·19 혁명의 희생자들을 떠올리며 이 시를 썼어요. 그러니 '그'는 단지 한 사람이 아니라, 정의를 위해 싸우다 세상을 떠난 '맑은 영혼'들을 의미합니다. 시인은 그들의 죽음을 슬퍼하면서도, 그 정신이 이어져 희망과 연대로 다시 피어나기를 노래한 것입니다.

나의 한 줄 평 ....

....

활동

정의를 위해 싸우던 맑은 영혼이 세상을 떠난다면, 우리는 어디에서 그 모습을 다시 만날 수 있을까요? 떠오르는 장면이나 모습을 자유롭게 표현해 보세요.

성북동 비둘기

김광섭

성북동 산에 번지가 새로 생기면서
본래 살던 성북동 비둘기만이 번지가 없어졌다
새벽부터 돌 깨는 산울림에 떨다가
가슴에 금이 갔다
그래도 성북동 비둘기는
하느님의 광장 같은 새파란 아침 하늘에
성북동 주민에게 축복의 메시지나 전하듯
성북동 하늘을 한 바퀴 휘 돈다

성북동 메마른 골짜기에는
조용히 앉아 콩알 하나 찍어 먹을
널찍한 마당은커녕 가는 데마다
채석장 포성이 메아리쳐서
피난하듯 지붕에 올라앉아
아침 구공탄 굴뚝 연기에서 향수를 느끼다가
산 1번지 채석장에 도로 가서

* 채석장 집을 짓거나 물건을 만들 때 쓸 돌을 캐내는 곳.
* 구공탄 열아홉 개의 구멍이 뚫린 연탄.

금방 따 낸 돌 온기에 입을 닦는다

예전에는 사람을 성자(聖者)처럼 보고
사람 가까이
사람과 같이 사랑하고
사람과 같이 평화를 즐기던
사랑과 평화의 새 비둘기는
이제 산도 잃고 사람도 잃고
사랑과 평화의 사상까지
낳지 못하는 쫓기는 새가 되었다

* 성자 덕과 지혜가 뛰어나게 높아 세상 사람들이 우러러보는 사람.

감상 길잡이

옛날 성북동에는 비둘기가 마음 놓고 살 수 있는 산이 있었습니다. 그런데 산이 개발되고 번지가 새로 생기면서 상황이 달라졌어요. 사람들은 새롭게 번지(주소)를 얻었지만, 비둘기는 오히려 번지를 잃었지요. 비둘기는 새벽마다 돌 깨는 소리에 놀라 가슴에 금이 갑니다.

본래 살던 곳을 잃어버린다는 건 얼마나 큰 절망일까요. 삶의 자리를 누군가 파괴하는 것은 생존에 대한 위협이자 존재 자체에 대한 위협입니다. 그럼에도 비둘기는 마치 성북동 사람들에게 축복을 전하려는 듯 새파란 아침 하늘을 한 바퀴 돌아요. 이제는 조용히 앉아 콩알 하나 찍어 먹을 마당조차 없는데도요. 가는 곳마다 돌 깨는 소리만 메아리치니 지붕 위에 올라 굴뚝 연기에서 옛 향수를 느끼거나, 채석장에서 갓 캐낸 돌 온기에 입을 닦을 뿐이지요. 그 모습이 무척 가련합니다. 과거에 비둘기는 사람과 가까이 지내며 사랑과 평화를 나누던 새였습니다. 그러나 산도 잃고 사람도 잃고, 사랑과 평화라는 마음마저 잃어버린 '쫓기는 새'가 되었어요.

이 시가 쓰인 1960년대 후반은 산업화와 도시화가 급격하게 진행되던 시기입니다. 도시 개발로 인해 생태계가 망가지고, 그곳에 살던 사람들과 생명들은 쫓겨났지요. 시인은 떠돌고 쫓기는 비둘기의 모습을 통해 자연 파괴와 더불어 인간 소외의 문제까지 함께 이야기하며 우리가 잃어버린 사랑과 평화의 의미에 대해 묻고 있습니다.

나의 한 줄 평 ....

....

활동

1. 시의 화자를 '비둘기'로 바꾸어, 개발로 인해 삶의 터전을 잃은 현실을 담아 짧은 시를 지어 볼까요.

2. 이 시는 1960년대 후반, 개발로 인해 사라져 가는 자연의 모습을 '비둘기'를 통해 표현했습니다. 1960년대가 아닌 오늘날의 현실을 배경으로 기후 위기 문제를 시로 표현한다면 여러분은 어떤 대상을 시의 주인공으로 삼고 싶나요? 그 이유도 함께 써 보세요.

빼앗긴 들에도 봄은 오는가

이상화

지금은 남의 땅— 빼앗긴 들에도 봄은 오는가?

나는 온몸에 햇살을 받고
푸른 하늘 푸른 들이 맞붙은 곳으로
가르마 같은 논길을 따라 꿈속을 가듯 걸어만 간다.

입술을 다문 하늘아 들아
내 맘에는 나 혼자 온 것 같지를 않구나
네가 끌었느냐 누가 부르더냐 답답워라 말을 해 다오.

바람은 내 귀에 속삭이며
한 자국도 섰지 마라 옷자락을 흔들고
종다리는 울타리 너머 아씨같이 구름 뒤에서 반갑다 웃네.

고맙게 잘 자란 보리밭아
간밤 자정이 넘어 내리던 고운 비로
너는 삼단 같은 머리를 감았구나 내 머리조차 가뿐하다.

혼자라도 가쁘게나 가자.
마른논을 안고 도는 착한 도랑이
젖먹이 달래는 노래를 하고 제 혼자 어깨춤만 추고 가네.

나비 제비야 깝치지 마라
맨드라미 들마꽃에도 인사를 해야지
아주까리 기름을 바른 이가 지심 매던 그 들이라 다 보고 싶다.

내 손에 호미를 쥐어 다오
살찐 젖가슴과 같은 부드러운 이 흙을
발목이 시도록 밟아도 보고 좋은 땀조차 흘리고 싶다.

강가에 나온 아이와 같이
짬도 모르고 끝도 없이 닫는 내 혼아

* 삼단 같은 머리 숱이 많은, 곱고 긴 머리. 삼단은 가늘고 긴 삼을 묶은 단.
* 도랑 작고 폭이 좁은 개울.
* 깝치다 깝죽거리다. 방정맞게 까불며 잘난 체하다.
* 지심 '김'의 사투리. 논밭에 난 잡풀.

무엇을 찾느냐 어디로 가느냐 우스웁다 답을 하려무나.

나는 온몸에 풋내를 띠고
푸른 웃음 푸른 설움이 어우러진 사이로
다리를 절며 하루를 걷는다 아마도 봄 신령이 지폈나 보다.

그러나 지금은— 들을 빼앗겨 봄조차 빼앗기겠네.

* **짬** 어떤 일의 도중이나 일을 끝낸 다음에 잠시 다른 것을 할 수 있는 시간.
* **닫다** 빨리 뛰어가다.
* **지피다** 사람에게 신이 내려서 모든 것을 알아맞히는 신통하고 묘한 힘이 생기다.

감상 길잡이

화자는 봄이 오느냐고 묻습니다. 계절은 누구에게나 공평하게 찾아오는데, 왜 굳이 이렇게 묻는 걸까요? 그것은 '빼앗긴 땅'이기 때문이지요. 지금은 남의 땅이 된 곳에도 과연 봄이 올 수 있을까 하는 안타까움으로 시는 시작됩니다.

화자는 햇살을 받으며 논길을 걸어갑니다. 하늘과 들은 아무 대답을 하지 않지만, 이내 봄바람과 종다리, 비에 씻긴 보리밭이 화자를 맞이하지요. 자연은 생명력으로 가득 차 있고, 화자는 잠시나마 상쾌함을 느낍니다. 그 길을 혼자라도 기쁘게 가겠다고 다짐합니다.

그러나 기쁨은 오래가지 않습니다. 함께 농사짓던 사람들과의 시간이 그리워집니다. 화자는 호미를 들고 논밭의 잡풀을 매고 싶다고 하지만, 그것이 이미 불가능하다는 사실을 깨닫습니다. 자신의 소망이 강가에서 노는 아이 같은 태도라는 것도 알게 되지요. 집에 무슨 일이 벌어지든 알지 못하고 놀기만 하는 아이처럼 자신을 빗댑니다. 그래서 스스로에게 묻습니다. 나는 무엇을 찾고 있는가, 어디로 가고 있는가? 들판의 풋내음 속에서 웃음과 설움이 뒤섞입니다. 화자는 그 사이에서 걸음을 멈추지 않지만, "다리를 절며" 걷습니다.

이 작품은 일제 강점기에 쓰였습니다. 조선은 땅을 빼앗기고, 땅에서 나는 곡식이나 풀과 꽃, 나아가 사람들의 삶까지도 지배를 받았지요. 이런 시대적 배경을 떠올려보면 '빼앗긴 들에도 봄은 오는가'라는 질문은 단순히 계절을 묻는 것이 아니라 주권을 잃은 현실 속에서 자유와 희망조차 빼앗길 수 있다는 절망을 드러내는 표현입니다. 동시에 봄은 언젠가 반드시 올 것이라는 의지를 담은 표현으로도 읽을 수 있습니다. 이 시에서 봄은 단지 계절이 아니라 간절히 기다리는 자유와 해방의 봄이겠습니다.

나의 한 줄 평 ....

....

활동

이 작품이 창작된 일제 강점기에 사람들이 이 시를 읽었다면 어떤 마음이 들었을까요?

절정

이육사

매운 계절의 채찍에 갈겨
마침내 북방으로 휩쓸려 오다

하늘도 그만 지쳐 끝난 고원
서릿발 칼날 진 그 위에 서다

어데다 무릎을 꿇어야 하나
한 발 재겨디딜 곳조차 없다

이러매 눈 감아 생각해 볼밖에
겨울은 강철로 된 무지갠가 보다

* 재겨디디다 발끝이나 발꿈치만 닿게 디디다.

감상 길잡이

매운 계절의 채찍으로 인해 한계까지 내몰린 사람이 있습니다. 그 앞에는 무릎을 꿇거나 발을 디딜 곳조차 없습니다. 얼마나 힘들었을까요. 그는 북쪽으로 휩쓸려 오다가 하늘도 지칠 정도로 높은 고원에까지 이르게 됩니다. 그곳은 서릿발이 칼날 같은 혹독한 곳입니다. 눈앞에 펼쳐진 참담한 현실 속에서 그는 겨울을 '강철로 된 무지개'라고 생각하지요. 강철은 차갑고 단단함을, 무지개는 희망을 상징하여 '강철로 된 무지개'는 강인한 희망을 뜻합니다. 겨울이라는 매운 계절 속에서 굳은 의지를 품는 마음이지요.

이 시는 일제 강점기의 현실 속에서 굽히지 않는 태도를 보여 줍니다. '매운 계절의 채찍'으로 표현되는 식민지 조선의 고난 속에서도 무지개 같은 희망을 포기하지 않겠다는 시인의 의지가 드러납니다.

나의 한 줄 평 ....

....

활동

시의 내용과 시대적 배경을 바탕으로 제목 '절정'의 의미를 이야기해 봅시다.

꽃덤불

신석정

태양을 의논하는 거룩한 이야기는
항상 태양을 등진 곳에서만 비롯하였다.

달빛이 흡사 비 오듯 쏟아지는 밤에도
우리는 헐어진 성터를 헤매이면서
언제 참으로 그 언제 우리 하늘에
오롯한 태양을 모시겠느냐고
가슴을 쥐어뜯으며 이야기하며 이야기하며
가슴을 쥐어뜯지 않았으냐?

그러는 동안에 영영 잃어버린 벗도 있다.
그러는 동안에 멀리 떠나 버린 벗도 있다.
그러는 동안에 몸을 팔아 버린 벗도 있다.
그러는 동안에 맘을 팔아 버린 벗도 있다.

그러는 동안에 드디어 서른여섯 해가 지나갔다.

다시 우러러보는 이 하늘에

겨울밤 달이 아직도 차거니
오는 봄엔 분수처럼 쏟아지는 태양을 안고
그 어느 언덕 꽃덤불에 아늑히 안겨 보리라.

감상 길잡이

꽃덤불은 꽃이 한가득 피어 우거진 것을 뜻합니다. 그런데 제목과는 달리, 시를 읽어 보면 사람들은 꽃덤불처럼 화사한 곳이 아닌 태양을 등진 어둠 속에 있어요. 헐어진 성터를 헤매며, 오롯한 태양을 모시지 못한 괴로움에 가슴을 쥐어뜯고 있지요. 여기서 '태양'은 정의나 자유를 상징한다고 볼 수 있습니다. 정말 중요한 가치에 대한 이야기는 오히려 힘겹고 어두운 자리에서 비롯된다는 것이지요. 이 모습은 일제 강점기, 현실의 억압 속에서 자유를 꿈꾸던 이들의 처지를 떠올리게 해요. 그사이 많은 이들이 떠났고, 서른여섯 해라는 긴 세월이 흘렀습니다.

우리 역사에서 36년의 고통은 곧 일제 강점기를 의미하지요. 식민지 시절이 끝났으니 이제 태양이 떠올라야 할 것 같은데, 하늘에는 여전히 겨울밤의 차가운 달이 걸려 있습니다. 이는 해방 이후에도 미국과 소련의 분할 통치가 이어져 완전한 주권 회복이 어려웠던 현실을 의미합니다. 그럼에도 화자는 봄을 기다립니다. 분수처럼 쏟아지는 태양을 안고, 꽃덤불에 아늑히 안기는 그날을. 진정한 자유와 평화가 찾아올 날을 간절히 염원합니다.

나의 한 줄 평 ....

....

활동

이 시의 화자는 아직 오지 않은 '태양'을 기다리고 있어요. 화자에게 전하고 싶은 메시지를 짧게 써 볼까요?

하여가(何如歌)

이방원

이런들 어떠하며 저런들 어떠하리
만수산 드렁칡이 얽혀진들 어떠하리
우리도 이같이 하여 백년까지 누리리라

* **하여(何如)** 어떠냐 혹은 어떠하리.
* **만수산** 개성 서쪽에 있는 산.
* **드렁칡** 얽혀 있는 칡덩굴.

감상 길잡이

이 시조는 조선 건국과 관련이 있어요. 고려 말, 세력이 강해진 이성계가 새로운 나라를 세우려고 하자 고려의 충신 정몽주는 이를 강력히 반대했습니다. 정몽주와 뜻을 같이하는 사람들은 이성계 세력을 몰아내고 고려의 왕권을 회복하려고 했지요. 그러자 이성계의 아들 이방원은 이 시조를 지어 정몽주의 진심을 떠보고 회유하려 했어요. 이방원은 고려 충신으로서의 지조를 버리고 서로 어우러져 함께 살아가자며 그 관계를 '만수산 드렁칡'에 비유했지요. 칡덩굴처럼 서로 얽혀서 함께 힘을 합해 오래도록 권력을 누리자고 했답니다. 달리 말하면 이방원은 정몽주에게 새로운 나라를 세우려는 자신의 편에 합류할 것을 권유한 셈이지요.

나의 한 줄 평 ....

....

활동

고려를 지키고 싶었던 정몽주에게 「하여가」는 어떻게 다가왔을까요?

단심가(丹心歌)

정몽주

이 몸이 죽고 죽어 일백 번 고쳐 죽어
백골이 진토 되어 넋이라도 있고 없고
임 향한 일편단심이야 가실 줄이 있으랴

* **고쳐 죽어** '죽고 나서 다시 죽는다'라는 뜻으로, 죽어도 마음을 바꾸지 않는 굳은 의지를 표현한 것임.
* **진토** 티끌과 흙.
* **일편단심** 한 조각의 붉은 마음. 변치 않는 충성의 마음을 나타낼 때 흔히 사용함.
* **가실 줄이 있으랴** 변할 리가 있겠는가.

감상 길잡이

앞서 읽은 이방원의 「하여가」에 대한 정몽주의 답시입니다. 정몽주는 고려의 충신으로 이 시조를 통해 새로운 국가를 세우려는 세력에 결코 가담하지 않겠다는 굳은 의지를 표현합니다. 자신의 몸이 백 번씩이나 다시 죽는다 하더라도 뜻은 변하지 않음을 강조하지요. 나아가 백골이 다 썩어 먼지가 되어도 임, 즉 고려 왕과 왕조를 향한 충심은 변하지 않을 것임을 힘 있게 표현했습니다.

나의 한 줄 평 ....

....

활동

「단심가」의 단심은 일편단심(一片丹心)의 바로 그 단심이에요. 오직 한 가지에 변함없는 마음을 뜻하지요. 여러분에게도 변하지 않는 마음이 있다면 무엇인가요? 어떤 마음을 지키고 싶은가요?

훈민가(訓民歌)

—제 13수

정철

오늘도 다 새었다 호미 메고 가자스라
내 논 다 매거든 네 논 좀 매어 주마
올 길에 뽕 따다가 누에 먹여 보자스라

* **훈민** 백성을 가르침.
* **새었다** 날이 밝았다.
* **가자스라/보자스라** 가자꾸나/보자꾸나.
* **올 길에** 돌아오는 길에.

감상 길잡이

제목 '훈민가'는 백성에게 교훈을 주는 노래라는 뜻이에요. 1850년 강원도 관찰사(지금의 도지사)로 부임한 정철은 백성들이 실천해야 할 덕목을 시조로 전했답니다. 훈민가는 전체 16수로 된 연시조랍니다. 부모에 대한 효도, 친구의 소중함, 노인 공경 등의 내용을 담고 있지요. 그중 제13수에서는 부지런하게 일하기를 강조합니다. 오늘도 날이 밝았으니 호미를 들고 일하러 가자고, 또 서로 도우며 일하라고 권합니다. 돌아가는 길에는 뽕잎을 따다가 누에도 먹여 보자고 하고요. 하루를 알뜰하게 쓰면서 서로 도우며 살아가는 농촌의 모습을 떠올리게 하지요. 이 시조의 특징 중 하나는 '가자스라' '보자스라'처럼 '~하자'는 청유형 표현이 쓰였다는 점이에요. 백성의 마음을 움직이기 위해 친근한 표현으로 행동을 권유하는 효과를 살리고 있어요.

나의 한 줄 평 ....

....

활동

「훈민가」 제13수를 바탕으로, 바람직한 중학교 생활을 권하는 내용의 시조를 한 수 지어 보세요.

4부

너의 마음에 닿는 세상

여는 글

시를 읽는다는 것은 결국 다른 사람의 목소리를 듣고, 그 마음을 이해하는 일이지요. 그리고 시 속에 드러난 세상을 보는 것입니다. 우리는 시인의 시선을 통해 다른 사람을 이해하고 공동체의 문제에 참여하는 태도를 돌아볼 수 있습니다. 그리고 나와 다른 생각의 차이를 이해하고, 더불어 살아가는 힘을 기를 수 있습니다.

예를 들어 함기석의 「저녁 항구」에서는 부모님이 벗어 놓은 신발을 보며, 상상을 펼칩니다. 신발을 통해 고된 일을 마치고 돌아온 가족과의 관계를 돌아봅니다. 즉, "나만이 아니라 다른 이들의 삶과 마음을 어떻게 바라볼까?"라는 물음을 깊이 던져 주지요. 시를 읽는다는 것은 누군가의 아픔에 공감할 줄 알고, 누군가의 기쁨에 함께 웃을 줄 안다는 뜻입니다. 문학을 통해 세상을 바라본다는 것은 결국 너와 내가 연결되어 있음을 깨닫는 것입니다. 시를 읽으며, 세상을 향해 한 걸음씩 나아가 볼까요?

귀뚜라미

나희덕

높은 가지를 흔드는 매미 소리에 묻혀
내 울음 아직은 노래 아니다.

차가운 바닥 위에 토하는 울음,
풀잎 없고 이슬 한 방울 내리지 않는
지하도 콘크리트 벽 좁은 틈에서
숨 막힐 듯, 그러나 나 여기 살아 있다
귀뚜르르 뚜르르 보내는 타전 소리가
누구의 마음 하나 울릴 수 있을까.

지금은 매미 떼가 하늘을 찌르는 시절
그 소리 걷히고 맑은 가을이
어린 풀숲 위에 내려와 뒤척이기도 하고
계단을 타고 이 땅 밑까지 내려오는 날
발길에 눌려 우는 내 울음도
누군가의 가슴에 실려 가는 노래일 수 있을까.

감상 길잡이

여름에서 가을로 접어들 무렵 귀뚜라미 소리가 맑고 고요하게 들립니다. 이 시에서 귀뚜라미는 단순한 곤충이 아니라 마음을 가진 존재처럼 등장하지요. 매미가 요란하게 울어 대는 여름, 매미 울음 사이에서 귀뚜라미는 작게 말합니다.

"나 여기 살아 있다".

매미는 높은 나무 위에서 뜨거운 햇볕 아래 큰 소리를 냅니다. 하지만 귀뚜라미는 지하도 콘크리트 틈 같은 어둡고 차가운 곳에서 울지요. 낮은 곳에서 나는 작은 소리여서 귀뚜라미 울음소리는 아직 '노래'라 불리지 않습니다. 그러나 멈추지 않고 계속 울며, 작은 울음이 누군가에게 닿기를 소망합니다.

이 모습은 우리와 닮았습니다. 세상은 늘 큰 목소리에 주목하지만, 그늘에서 묵묵히 자기 자리를 지키는 이들도 있습니다. 귀뚜라미는 바로 그런 소외된 목소리를 상징합니다. 그래서 시인은 그 울음을 사람처럼 표현했습니다.

시의 풍경은 여름에서 가을로 이어지며, 매미 소리가 사라진 자리에 귀뚜라미의 노래가 남습니다. 그리고 우리에게 속삭입니다.

"너의 작은 울음도 언젠가 노래가 될 거야."

나의 한 줄 평 ....

....

활동

1. "누구의 마음 하나 울릴 수 있을까."라고 말한 귀뚜라미처럼 의문문으로 문장을 만들어 자신의 소망을 표현해 봅시다.

2. 의문문 중에서도 질문의 형식을 빌려 화자가 말하고 싶은 것을 강조하는 표현 기법을 '설의법'이라고 한답니다. 설의법은 쉽게 알 수 있는 내용을 오히려 질문의 형태로 쓰는 방법이기도 하지요. 지금 마음속에 떠오르는 생각을 설의법을 활용하여 스스로에게 물어볼까요? 글에 여운과 사색의 깊이가 생깁니다.

세상에서 가장 따뜻했던 저녁

복효근

어둠이 한기처럼 스며들고
뱃속에 붕어 새끼 두어 마리 요동을 칠 때

학교 앞 버스 정류장을 지나는데
먼저 와 기다리던 선재가
내가 멘 책가방 지퍼가 열렸다며 닫아 주었다.

아무도 없는 집 썰렁한 내 방까지
붕어빵 냄새가 따라왔다.

학교에서 받은 우유 꺼내려 가방을 여는데
아직 온기가 식지 않은 종이봉투에
붕어가 다섯 마리

내 열여섯 세상에
가장 따뜻했던 저녁

감상 길잡이

저녁 공기 사이로 어둠이 스며듭니다. 한기처럼, 괜히 마음까지 서늘해지지요. 화자도 그렇습니다. 배는 고픈데, 집으로 가는 길은 멀고 쓸쓸합니다. 그런데 길모퉁이에서 만난 친구 선재가 책가방을 멘 '나'를 보고는 열려 있던 내 가방 지퍼를 닫아 줍니다. 이상하지요? 별것 아닌 손길이 마음에 오래 머문다는 사실이요.

집에 와서 가방을 열어 보니 종이봉투가 있습니다. 붕어빵 다섯 마리. 간식이라기보다 마음에 가까운 무언가를, 나도 모르는 사이에 받은 기분이지요. 허기를 채워 준 따끈한 붕어빵도 맛있지만, 우리가 더 오래 기억하는 건 친구가 작은 배려를 건네준 순간인지도 몰라요.

마지막 구절, "내 열여섯 세상에/가장 따뜻했던 저녁". 여기서 따뜻함은 온도의 문제가 아니었습니다. 외롭던 하루를 바꿔 준 친구의 사려 깊은 마음. 그것만으로 쌀쌀하게 느껴졌던 하루의 온도가 좀 더 따뜻해졌습니다. 시를 읽는 우리의 마음에도 달콤한 온기가 번집니다.

나의 한 줄 평 ....

....

활동

누군가의 작은 배려로 따뜻함을 느꼈던 순간을 떠올려 기록해 봅시다. 그때의 냄새, 손길, 소리, 맛, 모습 등 다양한 감각을 활용해 구체적으로 표현해 보세요. 이런 표현을 감각적 표현이라고 하며, 감각을 살려 쓰면 마음의 온기가 독자에게 한층 더 잘 전해집니다.

오해, 풀리다

유안진

그랬어?
그럼
그렇지

그러니까
그래서
그토록
그렇게도
그랬었구나

감상 길잡이

「오해, 풀리다」라는 제목만 보아도 무엇을 말하려는지 알 수 있습니다. 얽힌 마음이 어느 순간 풀렸다는 뜻이지요. 시 속에는 왜 다투었는지, 어떤 상황이었는지는 자세히 나오지 않습니다. 대신 "그랬어?" "그럼" "그렇지" 같은 짧은 대답이 이어집니다. 실제 대화를 듣는 듯한 장면입니다. 오해가 풀릴 때는 길게 설명하지 않아도 됩니다. 오히려 짧은 인정과 동의가 더 큰 힘을 가질 때가 있지요. 특히 "그렇지"라는 말은 단순한 수긍이 아니라 상대를 이해하고 다시 이어 가려는 화해의 마음을 품습니다.

단어들은 리듬처럼 흘러갑니다. 처음엔 '그랬어'로 확인하고, 이어서 '그럼' '그렇지'로 받아들입니다. 말이 정리될수록 묶여 있던 마음도 풀려 갑니다.

결국 '오해'란 서로의 마음을 잘 알지 못해서 생긴 거리입니다. 그러나 대화를 통해 그 거리는 좁혀지고, "그렇지"와 같은 한마디가 관계를 다시 이어 줍니다. 길게 하는 사과가 아니더라도, 작지만 진심 어린 말이 가장 확실한 화해의 언어가 되는 게 아닐까요?

나의 한 줄 평 ....

....

활동

친구와 오해를 풀 수 있는 단어를 사용하여, 짧은 대화를 꾸며 봅시다. 대화체를 통해 상대방의 마음을 폭넓게 이해할 수 있어요.

가족사진

이유상

자아 여기 보세요
눈 감지 마세요

하나, 둘, 셋
멸치

감상 길잡이

'디카시'란 사진과 시가 함께 있는 작품을 말합니다. 이 시는 사진을 찍을 때 사람들이 흔히 하는 말로 시작하지요. "자아, 여기 보세요" "눈 감지 마세요" "하나, 둘, 셋".

그런데 시의 마지막에는 "멸치!"라는 뜻밖의 말이 나오지요. 이 부분에서 웃음이 납니다. 우리도 사진을 찍을 때 일부러 재미있는 말을 해서 분위기를 풀 때가 있지요. 시인은 바로 그 순간을 포착하여 고양이도 가족의 일원임을 보여 줍니다.

이 짧은 문장 속에 가족을 향한 따뜻한 마음, 장난스러운 분위기, 그리고 이 순간을 기록해 두고 싶은 마음이 담겨 있습니다. 겉으로 보기에는 단순한 말들이지만, 시와 사진을 함께 놓고 볼 때, 장면이 선명하게 그려집니다. 「가족사진」은 사진과 시가 어우러져 마음을 전하는 과정을 잘 보여 주는 작품입니다.

나의 한 줄 평 ....

....

활동

가족, 친구, 반려동물, 혹은 일상에서 특별하다고 느낀 순간의 사진을 한 장 볼까요. 사진 속 장면을 떠올리며 2~3줄의 짧은 시로 표현해 봅시다.

저녁 항구

함기석

바다에서 돌아온 배들이
닻을 내리고 쉬고 있다 우리 집 현관에서

아빠 구두는 고래잡이 통통배
엄마 구두는 새우잡이 뾰족배

열린 문틈으로 푸른 파도가 밀려오고
갈매기 날고 소금 냄새 확 풍겨 온다

지친 엄마가 씻는 사이
아빠는 밥을 안치고

나는 밥 냄새 솔솔 익어 가는 항구에 앉아
배를 만져 본다

배 바닥에 긁힌 암초 자국들
오랫동안 바라본다

감상 길잡이

현관에 신발 두 켤레가 있습니다. 평범해 보이지만, 시인의 눈에는 바다에서 돌아온 배처럼 보입니다. 아버지의 신발은 '고래잡이 통통배', 어머니의 신발은 '새우잡이 뽀족배'로 비유합니다. 그 속에는 하루 종일 파도와 싸운 노동의 무게가 담겨 있는 듯합니다.

열린 문틈으로 스며드는 공기는 그냥 저녁 공기일 뿐인데, 화자의 상상 속에서는 풍경이 달라집니다. 푸른 파도가 치고 갈매기가 날며, 집은 순식간에 항구로 변하지요. 늘 익숙한 풍경이 시인의 시선 속에서 새롭게 바뀝니다.

지친 어머니는 몸을 씻고, 아버지는 밥을 안칩니다. 화자는 '밥 냄새 솔솔 익어 가는 항구'에 앉아 신발을 만져 봅니다. 밑바닥에 긁힌 자국은 단순한 흠집이 아니라 고된 항해의 흔적을 말해 줍니다. 작은 상처에도 삶의 시간이 스며 있음을 깨닫게 됩니다.

평범한 저녁이 항구의 풍경으로 바뀌는 순간, 집이란 하루의 항해를 마친 가족이 모여 쉬는 항구임을 다시 생각하게 됩니다. 신발을 바라보며 가족의 삶을 헤아리는 화자의 따뜻한 마음까지도요.

나의 한 줄 평 ....

....

활동

숟가락, 장롱, 거울 등 집 안의 평범한 물건을 하나 골라 다른 장소나 사물로 바꾸어 상상해 볼까요? 신발이 여행 떠난 배가 될 수도 있고, 가방이 보물 창고가 될 수도 있지요. 이러한 비유법을 통해, 익숙한 사물을 새롭게 바라볼 수 있습니다.

늦게 쓰여진 시

최윤근

늦게 쓰여진 나의 글들이 더 애틋하고 먹먹한 것은
늦게 겪은 나의 삶이 아프고 슬펐기 때문일 것이다

늦게 나온 나의 시들이 더 영롱하고
생생한 것은
아마도 가물가물한 기억으로 오로지
시만을 생각하고 썼기 때문일 것이다

늦게 나온 나의 글들이 애련에 물들고
후회로 가득 찬 것은
잊지 못할 이별과 못다 한 사랑이 스며 있기 때문일 것이다

늦게 쓴 시들에 특별히 정이 가는 것은
거기에 황혼에 외롭게 서 있는
나의 자화상이 그려져 있기 때문일 것이다

* **애련(哀憐)** 애처롭고 가여워 불쌍하게 여김.

감상 길잡이

우리는 종종 어떤 말을 너무 늦게 꺼내곤 합니다. 미안하다는 말, 고맙다는 말, 사랑한다는 말. 그 순간엔 차마 못 하고, 한참 지나서야 입 밖으로 내놓지요. 그런데 그 늦음 속에는 오히려 말보다 큰 감정이 숨어 있는 듯합니다.

이 시인은 늦은 나이에 등단해 시를 쓰기 시작했습니다. 그래서인지 시인은 계속 '늦게'라는 단어를 반복합니다. 늦게 겪은 삶, 늦게 쓴 글, 늦게 찾아온 시. 그 속에는 후회도 있고, 못다 한 사랑도 있습니다. 그래서 늦게 쓰인 말들은 더 애틋하고, 진한 울림을 줍니다.

하지만 늦었다는 게 허무함만은 아닙니다. 늦게 도착한 말에는 더 깊은 결이 있습니다. 오랜 세월을 지낸 나무의 나이테처럼, 그 시간만큼 단단히 쌓아 올린 무게가 있지요. 황혼에 선 화자의 모습은 쓸쓸하지만, 그래서 시가 더 짙고 깊이 빛나는 건 아닐까요.

늦게 건네는 말은, 제때 했다면 흘러갔을 말을 다시 빛나게 합니다. 늦음이 부끄럽기만 한 것이 아니라, 진심을 더 선명하게 비추어 주는 힘이 됩니다.

나의 한 줄 평 ....

....

활동

늦게라도 누군가에게 전하고 싶은 말을 짧게 적어 보세요. 오래 미루었던 사과나 고마움, 혹은 가슴에만 담아 둔 고백을 비유적으로 표현해 봅시다.

비린내라뇨!

함민복

우리들한테
비린내 난다고 하지 마세요

코 막지 마세요

우리도 피부를 보호하기 위해
미끄러운 피부, 거친 피부
다 특성에 따라
정성 들여 화장한 거예요

이렇게
향기가 다양한 걸
무조건 다 비린내라뇨!

이건, 정말
언어폭력이에요

—물고기 일동

감상 길잡이

물고기들이 모여 항의하는 장면, 상상만 해도 웃음이 납니다. 하지만 그 웃음 뒤에는 은근한 진심이 숨어 있지요. "비린내 난다고 하지 마세요//코 막지 마세요". 물고기 입장에서 들으면 꽤 서운했을 겁니다. 우리는 습관처럼 '물고기는 비린내 난다.'라고 말하지만, 정작 물고기들은 억울합니다. 매끄럽거나 거친 피부도 다 그 나름의 이유가 있는데, 그저 냄새로만 단정 지어 버리니 속상한 것이지요.

웃음이 터지다가도 순간 멈칫하게 되는 건, 이 말이 낯설지 않기 때문입니다. 우리 역시 단정적인 말을 자주 듣습니다. 사실은 그렇지 않은데도 단정 짓는 한마디가 나의 전부가 되어 버리는 순간, 물고기의 억울함이 곧 우리의 억울함처럼 느껴집니다.

"비린내라뇨!"라는 외침에는 자존심이 담겨 있습니다. 나는 그게 전부가 아니라고 말하는 것이지요. 시의 마지막 "이건, 정말/언어폭력이에요"라는 구절은 우습지만 동시에 뜨끔합니다. 누군가를 가볍게 단정하는 말이 얼마나 쉽게 상처가 되는지 보여 주기 때문입니다.

돌아보면 우리도 그렇게 말하곤 하지요. "넌 소심하잖아." "넌 느리잖아." 그 순간 그 사람의 다른 얼굴은 모두 지워집니다. 마치 물고기가 항의하듯, 누군가의 마음속에서도 조용히 울리는 목소리가 있었을지 모릅니다. 관계 속에서 필요한 건, '비린내' 뒤에 숨어 있는 다양한 향기와 개성을 존중하는 태도일 것입니다.

나의 한 줄 평 ....

....

활동

1. 물건도 사람처럼 마음을 가질 수 있다고 상상해 봅시다. 지우개, 연필, 휴지처럼 평범한 물건 하나를 골라, 그 물건이 직접 말하는 것처럼 표현해 보세요.

2. 아래 예시에서 한 가지를 골라 「비린내라뇨!」의 모방 시를 써 봅시다. 마지막에는 "이건, 정말 (　　　)이에요."라고 직설법으로 솔직하게 마무리해 보세요.

   • 운동화, 안경, 빨대

빵집

이면우

빵집은 쉽게 빵과 집으로 나뉠 수 있다
큰길가 유리창에 두 뼘 도화지 붙고 거기 초록 크레파스로
아저씨 아줌마 형 누나님
우리 집 빵 사 가세요
아빠 엄마 웃게요, 라고 쓰여진 걸
붉은 신호등에 멈춰 선 버스 속에서 읽었다 그래서
그 빵집에 달콤하고 부드러운 빵과
집 걱정하는 아이가 함께 있다는 걸 알았다

나는 자세를 반듯이 고쳐 앉았다
못 만나 봤지만, 삐뚤빼뚤하지만
마음으로 꾹꾹 눌러쓴 아이를 떠올리며

감상 길잡이

‘빵집’이라는 단어를 나누면 ‘빵’과 ‘집’이 됩니다. 빵은 먹거리이고, 집은 지켜야 할 삶의 자리입니다. 두 단어가 합쳐질 때, 단순한 빵집이 아니라 누군가의 살림과 사정까지 함께 드러납니다.

길가 유리창에 붙은 종이를 떠올려 보세요. 크레파스로 삐뚤빼뚤 쓴 글, “우리 집 빵 사 가세요. 아빠 엄마 웃게요.” 겉으로는 광고 같지만, 사실은 어린아이가 꾹꾹 눌러쓴 부탁이자 기도입니다.

화자는 버스 안에서 이 글을 읽고 자세를 고쳐 앉습니다. 허리를 곧게 세운 건 몸의 반응이 아니라, 아이의 마음 앞에서 자신을 다잡은 행동이었습니다. 직접 만나 본 적도 없는 아이지만, 그 아이의 글이 화자의 마음에 감동을 준 것이지요.

무심히 지나치는 풍경에도 누군가의 이야기가 숨어 있습니다. 벽에 붙은 전단지, 벤치의 낙서, 창문에 걸린 쪽지……. 하찮아 보이는 흔적에도 간절한 마음이 담겨 있을 수 있습니다.

빵만 있는 가게도, 집만 있는 공간도 없습니다. 어디에나 마음과 사정이 함께 얽혀 있지요. 그래서 우리는 스쳐 가는 풍경조차 함부로 대할 수 없습니다. 그 작은 흔적에 마음을 기울일 때, 우리도 시인처럼 다른 이의 삶을 헤아리는 눈으로 세상을 볼 수 있을 거예요.

나의 한 줄 평 ....

....

활동

길에서 본 글귀나 광고를 떠올려 보고, 그것을 쓴 사람의 마음을 상상해 봅시다.

시집살이 노래

지은이 모름

형님 온다 형님 온다 분고개로 형님 온다
형님 마중 누가 갈까 형님 동생 내가 가지
형님 형님 사촌 형님 시집살이 어떱뎁까
이애 이애 그 말 말아 시집살이 개집살이
앞밭에는 당초 심고 뒷밭에는 고추 심고
고추 당초 맵다 해도 시집살이 더 맵더라
둥글둥글 수박 식기 밥 담기도 어렵더라
도리도리 도리소반 수저 놓기 더 어렵더라
오 리 물을 길어다가 십 리 방아 찧어다가
아홉 솥에 불을 때고 열두 방에 자리 걷고
외나무다리 어렵대야 시아버니같이 어려우랴
나뭇잎이 푸르대야 시어머니보다 더 푸르랴
시아버지 호랑새요 시어머니 꾸중새요
동세 하나 할림새요 시누 하나 뾰족새요

* **당초** 가짓과에 속한 한해살이풀. 열매는 길둥근 모양으로 익으면 고추처럼 빨갛고 매운맛이 남.
* **수박 식기** 수박처럼 둥글게 생긴 밥그릇.
* **도리소반** 둥글게 생긴 조그마한 밥상.
* **동세** '동서'의 사투리. 시아주버니의 아내, 혹은 시동생의 아내.
* **할림새** 남의 허물을 잘 고해바치는 사람.
* **뾰족새** 성격이 모나고 까다로운 사람을 비유하는 말.

시아지비 뾰중새요 남편 하나 미련새요
나 하나만 썩는 샐세
귀먹어서 삼 년이요 눈 어두워 삼 년이요
말 못 해서 삼 년이요 석삼년을 살고 나니
배꽃 같은 요내 얼굴 호박꽃이 다 되었네
삼단 같은 요내 머리 비사리춤이 다 되었네
백옥 같은 요내 손길 오리발이 다 되었네
열새 무명 반물치마 눈물 씻기 다 젖었네
두 폭 붙이 행주치마 콧물 받기 다 젖었네
울었던가 말았던가 베갯머리 소(沼) 이루겠네
그것도 소(沼)이라고 거위 한 쌍 오리 한 쌍
쌍쌍이 떠 들어오네

* **시아지비** '시아주버니'의 사투리. 남편의 형을 말함.
* **뾰중새** 퉁명스럽고 성을 잘 내는 사람을 비유하는 말.
* **썩는 새** 마음속으로만 애를 태우는 사람을 비유하는 말.
* **삼단 같은 머리** 숱이 많은, 곱고 긴 머리. 삼단은 가늘고 긴 삼을 묶은 단.
* **비사리춤** 비를 엮는 싸리 묶음. 오래 사용한 싸리비처럼 뭉뚝하고 거친 물건을 비유하는 말.
* **열새** 고운 베.
* **반물치마** 짙은 남색 치마.
* **소** 연못.

감상 길잡이

처음에는 다정한 인사로 시작합니다. "형님, 시집살이 어떱뎁까?" 하지만 대답은 단호했습니다. "시집살이 개집살이." 이 한마디로 고단한 며느리의 삶이 드러납니다.

이어서 숨이 찰 만큼 일거리가 쏟아집니다. 밭을 갈고, 물을 긷고, 방아를 찧고, 밥상을 차리고, 솥에 불을 때고, 이부자리를 걷는 일까지……. 작은 동작 하나마저 시험이 되는 며느리의 삶, 그 고달픔이 그대로 전해집니다.

시댁 식구들을 '새'에 빗댄 표현도 눈길을 끕니다. 호랑새 같은 시아버지, 꾸중새 같은 시어머니, 뾰족새 같은 시누이, 미련새 같은 남편. 해학적인 비유 속에는 직접 말 못 한 불만과 눈물이 서려 있습니다.

고운 얼굴은 시들고, 부드럽던 손은 거칠어집니다. 치맛자락은 눈물과 콧물에 젖고, 베갯머리엔 작은 연못이 생겼습니다. 그런데도 그 연못 위에 오리와 거위가 떠다니는 모습을 상상하는 장면은, 울음을 웃음으로 바꾸려는 힘을 보여 줍니다.

이 노래는 한 사람의 넋두리를 넘어선, 공동체의 목소리입니다. 많은 여인의 체험이 겹겹이 쌓여, 절절함과 풍자로 녹여 낸 것이지요. 그래서 우리는 알게 됩니다. 인생의 고됨을 견디게 하는 건 울음이 아니라, 때때로 흘러나오는 노래라는 것을요.

나의 한 줄 평 ....

....

활동

1. 학교생활이나 집안일의 힘든 점을 해학적으로 비유하여 랩의 가사처럼 적어 봅시다. 풍자와 해학은 웃음을 주면서도 날카로운 비판을 담을 수 있는 문학적 장치입니다.

2. 힘든 상황을 풍자나 해학을 활용하여 표현해 본 적이 있나요? 그때의 경험을 떠올려 어떤 상황이었는지 적어 봅시다.

탐진촌요(耽津村謠)

—제7수

정약용

새로 짜낸 무명이 눈결같이 고왔는데
이방(吏房)에 낼 돈이라고 황두(黃頭)가 뺏어 가네
누전(漏田) 세금 독촉이 성화같이 급하구나
삼월 중순엔 세곡선이 떠난다고

〔송재소 옮김〕

* 이 시는 총 15수로 이루어진 것인데, 여기에 실은 것은 제7수이다.
* **탐진촌요** 제목의 뜻은 '탐진 마을의 노래'이고, 탐진은 전라남도 강진의 옛 이름.
* **이방** 조선 시대 각 지방의 수령 밑에서 인사, 비서 따위에 관한 일을 맡아보던 부서. 혹은 그 부서에서 일을 보던 사람.
* **황두** 지방의 하급 관리.
* **누전** 토지 대장(토지의 소재, 번지, 면적, 소유자 등을 기록한 장부)에서 누락된 토지. '누전 세금'은 토지 대장에 등록되지 않은 토지에 매기는 세금을 말함.
* **세곡선** 나라에 바치는 곡식을 한양으로 실어 나르던 배.

감상 길잡이

정약용은 이 시를 유배지인 강진에서 썼습니다. '탐진'은 전라남도 강진의 옛 이름, '촌요'는 마을 노래라는 뜻입니다. 제목만으로도 이 시가 백성의 삶과 목소리를 담았음을 알 수 있습니다.

첫 구절을 볼까요? "새로 짜낸 무명이 눈결같이 고왔는데." 무명은 농가에서 손수 짠 천입니다. 막 눈처럼 고운 천을 겨우 만들었는데, 아전이 와서 이방에게 줄 돈이라며 빼앗아 갑니다. 정성 어린 노동이 한순간에 사라지니 농민들은 얼마나 허탈했을까요?

이어지는 대목은 누전 세금입니다. 누전 세금은 토지 대장에서 누락된 토지에 매기는 세금이지요. 조선 후기에는 토지 대장에 등록되지 않은 농토에도 세금을 물렸습니다. 무명도 빼앗긴 마당에 누전 세금까지 내라고 독촉하니 가혹하고 억울합니다.

마지막 구절에는 세곡선이 등장합니다. 3월 중순이면 백성이 낸 곡식을 가득 실은 배가 서울로 떠납니다. 그러나 정작 농민들은 그 곡식을 먹지 못한 채 배고픔에 시달렸습니다.

정약용은 이런 현실을 똑똑히 목격했고, 시를 통해 백성의 억울함을 증언했습니다. 「탐진촌요」는 고통받는 민중의 목소리를 세상에 전한 '고발의 시'입니다. 그래서 우리는 이 작품을 읽으며, 시가 세상을 비추는 증언이 될 수 있음을 깨닫게 됩니다.

나의 한 줄 평 ....

....

활동

1. 「탐진촌요」에 드러난 시대적 배경을 알아봅시다. 아래 글을 읽고 괄호 안을 채워 보세요.

   • 「탐진촌요」는 (   ) 후기의 피폐한 현실을 담고 있습니다.
   • 백성은 (   )과 (   )의 부담으로 고달픈 삶을 살았습니다.
   • 이 작품은 지배층이 아닌 (   )의 시각에서 현실을 바라본 서민 문학의 성격을 지닙니다.

2. 자신을 조선 후기 탐진 마을에 사는 백성이라고 상상해 보세요. 세금이나 부역, 생계의 어려움 등 하루 동안의 일을 일기처럼 써 봅시다.

지필고사 예상 문제

1. 정진규의 「별」을 읽고, 다음 물음에 답하세요.

별들의 바탕은 어둠이 마땅하다
대낮에는 보이지 않는다
지금 대낮인 사람들은
별이 보이지 않는다
지금 어둠인 사람들에게만
별들이 보인다
지금 어둠인 사람들만
별들을 낳을 수 있다

지금 대낮인 사람들은 어둡다

— 정진규 「별」

(1) '대낮인 사람'과 '지금 어둠인 사람'이 각각 어떤 사람을 의미하는지 설명해 보세요.

(2) '별'이 의미하는 바가 무엇일지 쓰고, 그렇게 생각한 이유를 들어 보세요.

학습 노트

2. 「벌레 먹은 나뭇잎」을 읽고, ㉠과 같은 표현 방법이 쓰이지 않은 것을 고르세요.

> ㉠나뭇잎이 벌레 먹어서 예쁘다
> 귀족의 손처럼 상처 하나 없이
> 매끈한 것은
> 어쩐지 베풀 줄 모르는
> 손 같아서 밉다
> 떡갈나무 잎에 벌레 구멍이 뚫려서
> 그 구멍으로 하늘이 보이는 것은 예쁘다
> 상처가 나서 예쁘다는 것은
> 잘못인 줄 안다
> 그러나 남을 먹여 가며
> 살았다는 흔적은
> 별처럼 아름답다
>
> — 이생진 「벌레 먹은 나뭇잎」

① 아름다운 이별
② 우물 안 개구리
③ 찬란한 슬픔의 봄
④ 급할수록 돌아가라.
⑤ 이 광고는 광고가 아닙니다.

학습 노트

3. 「먼 후일」을 읽고, <조건>에 따라 작품을 해석해 보세요.

먼 훗날 당신이 찾으시면
그때에 내 말이 '잊었노라'

당신이 속으로 나무라면
'무척 그리다가 잊었노라'

그래도 당신이 나무라면
'믿기지 않아서 잊었노라'

오늘도 어제도 아니 잊고
먼 훗날 그때에 '잊었노라'

— 김소월 「먼 후일」

조건

- 화자가 처한 상황을 설명하고, 그 상황을 바탕으로 작품의 주된 정서를 밝히세요.
- 밑줄 친 부분에 사용된 표현 방법을 밝히고, 그와 같은 표현이 주는 효과를 서술하세요.

학습 노트

4.「딸기」의 어조에 대한 설명으로 가장 적절한 것을 고르세요.

> 오십 리 길 짐차에 실려 왔어유
> 멀미도 가시기 전에
> 낯선 거리 쏴댕기면서
> 지 몸 살 사람 찾고 있지유
> 목마름은 이냥저냥 견딜 수 있슈
> 헌디, 볼기짝 쥐어뜯으며
> 살결이 거칠다느니
> 단맛이 무르다느니 허진 말어유
> 지 몸이 그냥 지 몸인가유
> 이만한 몸띵이 하나 살리기 위해서도
> 하느님 손 농부 손 고루 탔어유
> 그러니께 지폐 한 장으루다
> 우리 식구 사돈에 팔촌까지 두루 사 가는 선상님들
> 몸값이나 후하게 쳐 주셔야겄슈
>
> — 이재무「딸기」

① 담담한 어조로 유년 시절을 회상하고 있다.
② 냉소적인 어조로 농촌의 현실을 드러내고 있다.
③ 방언과 구어체를 활용하여 농민들의 현실을 드러내고 있다.
④ 사람을 딸기에 빗대어 고향에 대한 그리움을 표현하고 있다.
⑤ 능청스러운 어조로 관계의 단절과 인간 소외를 풍자하고 있다.

* 구어체 일상적인 대화에서 쓰는 말로 된 문체.
* 냉소적 무관심하거나 쌀쌀한 태도로 비웃음.

학습 노트

5. 「꽃덤불」에서 시어의 의미에 대한 설명으로 옳은 것을 고르세요.

태양을 의논하는 거룩한 이야기는
항상 태양을 등진 곳에서만 비롯하였다.

달빛이 흡사 비 오듯 쏟아지는 밤에도
우리는 헐어진 성터를 헤매이면서
언제 참으로 그 언제 우리 하늘에
오롯한 태양을 모시겠느냐고
가슴을 쥐어뜯으며 이야기하며 이야기하며
가슴을 쥐어뜯지 않았으냐?

그러는 동안에 영영 잃어버린 벗도 있다.
그러는 동안에 멀리 떠나 버린 벗도 있다.
그러는 동안에 몸을 팔아 버린 벗도 있다.
그러는 동안에 맘을 팔아 버린 벗도 있다.

그러는 동안에 드디어 서른여섯 해가 지나갔다.

다시 우러러보는 이 하늘에
겨울밤 달이 아직도 차거니
오는 봄엔 분수처럼 쏟아지는 태양을 안고
그 어느 언덕 꽃덤불에 아늑히 안겨 보리라.

— 신석정 「꽃덤불」

① 태양: 강력한 군주
② 달빛: 평화로운 환경
③ 성터: 영화로운 공간
④ 서른여섯 해: 오랜 세월의 고난과 기다림
⑤ 꽃덤불: 일시적인 휴식과 위안

학습 노트

* **군주** 나라를 다스리는 국가의 최고 통치자.
* **영화롭다** 귀하게 되어 세상에 빛날 만하다.

6. 정몽주의 「단심가」에 대한 설명으로 옳지 않은 것을 고르세요.

> 이 몸이 죽고 죽어 일백 번 고쳐 죽어
> 백골이 진토 되어 넋이라도 있고 없고
> 임 향한 일편단심이야 가실 줄이 있으랴
>
> — 정몽주 「단심가」

① '임'과의 추억을 회상하며 나이 든 현재를 한탄하고 있다.
② '죽고 죽어'와 같은 반복으로 굳은 의지를 강조하고 있다.
③ '일백 번 고쳐(다시) 죽어'와 같은 과장으로 충성심을 드러내고 있다.
④ '가실 줄이 있으랴'와 같은 설의법을 활용하여 의미를 강조하고 있다.
⑤ '백골이 진토(먼지) 되어'와 같은 비유적 표현으로 화자의 태도를 표현하고 있다.

학습 노트

7. 「절정」을 읽고, 다음 물음에 답하세요.

> 매운 계절의 채찍에 갈겨
> 마침내 북방으로 휩쓸려 오다
>
> 하늘도 그만 지쳐 끝난 고원
> 서릿발 칼날 진 그 위에 서다
>
> 어데다 무릎을 꿇어야 하나
> 한 발 재겨디딜 곳조차 없다
>
> 이러매 눈 감아 생각해 볼밖에
> <u>겨울은 강철로 된 무지갠가 보다</u>
>
> — 이육사 「절정」

(1) 시적 화자가 처한 상황에 대해 써 보세요.

(2) 작품이 창작된 시대가 일제 강점기임을 고려할 때 밑줄 친 부분의 의미에 대해 서술하세요.

학습 노트

8. 「탐진촌요」에 대한 설명으로 가장 적절한 것을 고르세요.

> 새로 짜낸 무명이 눈결같이 고왔는데
> 이방에 낼 돈이라고 황두가 뺏어 가네
> 누전 세금 독촉이 성화같이 급하구나
> 삼월 중순 세곡선이 떠난다고
>
> — 정약용 「탐진촌요」

① 부드러운 어조로 자연의 아름다움을 노래하고 있다.
② 세금으로 고통받는 백성의 현실을 드러내고 있다.
③ 구체적인 청자에게 말을 건네는 형식으로 이루어져 있다.
④ 지식인으로서 느끼는 부끄러움을 상징적으로 표현하고 있다.
⑤ 시적 상황과 어울리지 않는 공간을 대비적으로 제시하고 있다.

* **구체적** 사물이나 현상이 일정한 모습을 갖추고 있는.
* **대비적** 두 가지 차이를 명백히 하기 위해 서로 비교하는.

학습 노트

9. 「세상에서 가장 따뜻했던 저녁」을 읽고, <조건>에 따라 작품을 해석해 보세요.

> 어둠이 한기처럼 스며들고
> 뱃속에 ㉠**붕어** 새끼 두어 마리 요동을 칠 때
>
> 학교 앞 버스 정류장을 지나는데
> 먼저 와 기다리던 선재가
> 내가 멘 책가방 지퍼가 열렸다며 닫아 주었다.
>
> 아무도 없는 집 썰렁한 내 방까지
> 붕어빵 냄새가 따라왔다.
>
> 학교에서 받은 우유 꺼내려 가방을 여는데
> 아직 온기가 식지 않은 종이봉투에
> ㉡**붕어**가 다섯 마리
>
> 내 열여섯 세상에
> 가장 따뜻했던 저녁
>
> — 복효근 「세상에서 가장 따뜻했던 저녁」

조건

- 시적 화자의 상황을 설명하세요.
- ㉠과 ㉡의 의미 차이를 서술하세요.

학습 노트

답안 및 해설

1.「별」 예시 답안

(1) '대낮인 사람'은 삶의 진정한 의미나 진리를 깨닫지 못하는 사람을 의미하며, '지금 어둠인 사람'은 어려운 상황 속에서도 새로운 가치를 발견하는 사람을 의미한다.

(2) '별'은 삶의 진리, 슬픔과 참된 기쁨, 새로운 깨달음 등으로 다양한 해석이 가능하다. 어려움을 겪을 때 깨닫게 되는 가치가 있다는 이유를 제시하면 적절한 답안이 될 수 있다.

2.「벌레 먹은 나뭇잎」②

다른 선택지는 겉으로는 모순되는 표현이지만 의미를 발견할 수 있는 역설 표현이다. 그러나 '우물 안 개구리'는 비유적으로 쓰는 속담으로 표현 자체에는 모순이 없다.

3.「먼 후일」 예시 답안

사랑하는 사람과 이별한 화자가 깊은 슬픔과 그리움을 표현하고 있다. 밑줄 친 '잊었노라'에는 반어적 표현이 사용되었으며, 잊지 못한 마음을 더욱 강조하는 효과가 있다.

4.「딸기」③

이 작품은 방언과 구어체를 활용해 농촌에서 온 '딸기'의 말을 전하고 있다. 이를 통해 농촌의 현실과 농민들의 어려움을 친근하게 표현했다.

유년 시절에 대한 회상이 드러나지 않으며(①), 냉소적인 어조보다는 친근하고 능청스러운 어조이다(②). 고향에 대한 그리움이 드러나지 않고(④), 관계의 단절과 인간 소외가 아니라 농촌의 현실을 다루었다.(⑤)

5.「꽃덤불」④

서른여섯 해는 일제 강점기 36년을 뜻하며, 그 시간이 지났다는 것은 오랜 세월의 고난과 기다림이 끝났음을 의미한다.

태양은 희망의 상징이며(①), 달빛은 차갑고 어두운 현실을 의미한다(②). 성터는 영화로운 시절이 끝나 폐허가 된 상황을 뜻하고(③), 꽃덤불은 해방 후 맞이할 온전한 평화와 안식을 의미한다(⑤).

6.「단심가」①

이 작품은 이방원의 회유에도 굴하지 않고 고려 왕에 대한 굳은 충절을 다짐한 정몽주의 시조로 '임'과의 추억을 회상하는 부분이나 나이 듦에 대한 한탄은 담겨 있지 않다.

7.「절정」 예시 답안

(1) 화자는 매서운 시련 속에서 피할 곳 없는 극한의 처지에 놓여 있다.

(2) '겨울은 강철로 된 무지갠가 보다'라는 표현은 일제 강점기라는 혹독한 현실 속에서도 굴복하지 않는 희망을 상징한다. 강철은 강인함을 뜻하고 무지개는 희망을 뜻하므로, 이는 아무리 힘들어도 끝까지 희망을 굳게 지키려는 의지를 나타낸다.

8.「탐진촌요」②

이 작품은 정약용이 강진에 유배 중일 때 쓴 시로, 관리들의 가혹한 수탈에 시달리는 백성의 모습을 보고 느낀 안타까움이 드러난다.

서정적인 분위기를 보여 주는 작품은 아니며(①), 특정한 청자를 대상으로 한 형식도 아니다(③). 또한 지식인으로서의 부끄러움보다는 백성의 현실을 관찰하며 느낀 연민이 표현되어 있고(④), 세곡선이 서울로 떠난다는 구절이 있기는 하지만, 시적 상황과 대조적인 공간을 제시했다고 보기는 어렵다(⑤).

9.「세상에서 가장 따뜻했던 저녁」 예시 답안

화자는 어둡고 쌀쌀한 밤에 배고픔을 느끼다가, 친구 선재가 건네준 붕어빵을 받는다. 집에 돌아와도 방은 여전히 썰렁하지만, 친구의 따뜻한 마음 덕분에 다정함을 느낀다.

㉠은 배고픈 상태를 '붕어 새끼가 요동친다'고 빗대어 표현한 것이고, ㉡은 실제로 받은 붕어빵으로 화자의 허기를 달래 주고 마음을 따뜻하게 위로한다.

시인 소개

고재종
1957~

전남 담양에서 태어남. 1984년 실천문학사의 신작 시집 『시여 무기여』에 시를 발표하며 등단함. 시집 『바람 부는 솔숲에 사랑은 머물고』 『새벽 들』 『사람의 등불』 『날랜 사랑』 『앞강도 야위는 이 그리움』 『그때 휘파람새가 울었다』 『쪽빛 문장』 『꽃의 권력』 『고요를 시청하다』 등이 있음.

공광규
1960~

서울에서 태어나 충남 청양에서 자람. 1986년 『동서문학』 신인문학상에 시가 당선되어 등단함. 시집 『대학일기』 『마른 잎 다시 살아나』 『지독한 불륜』 『소주병』 『말똥 한 덩이』 『담장을 허물다』 『파주에게』 『서사시 금강산』 등이 있음.

김광섭
1905~1977

함북 경성에서 태어남. 호는 이산(怡山). 와세다대학 영문과를 졸업하고 경희대 교수를 지냄. 1927년 처음으로 시를 발표하고 1935년부터 시작 활동을 본격화함. 시집 『동경』 『마음』 『해바라기』 『성북동 비둘기』 『반응』 등이 있음.

김륭
1961~

경남 진주에서 태어남. 2007년 강원일보 신춘문예에 동시가, 문화일보 신춘문예에 시가 당선되어 등단함. 동시집 『프라이팬을 타고 가는 도둑고양이』 『삐뽀삐뽀 눈물이 달려온다』 『별에 다녀오겠습니다』 『엄마의 법칙』 『달에서 온 아이 엄동수』 『첫사랑은 선생님도 일 학년』 『앵무새 시집』 『내 마음을 구경함』 『햇볕 11페이지』, 청소년시집 『사랑이 으르렁』 등이 있음.

김선우
1970~

강원도 강릉에서 태어남. 1996년 『창작과비평』에 시를 발표하며 등단함. 시집 『내 혀가 입속에 갇혀 있길 거부한다면』 『도화 아래 잠들다』 『내 몸속에 잠든 이 누구신가』 『나의 무한한 혁명에게』 『녹턴』 『내 따스한 유령들』, 청소년시집 『댄스, 푸른푸른』 『아무것도 안 하는 날』 등이 있음.

김소월
1902~1934

본명은 정식(廷湜). 평북 구성에서 태어남. 오산학교와 배재고보 졸업. 김억의 지도와 영향으로 시를 쓰기 시작해 1920년 『창조』에 시를 발표하며 문학 활동을 시작함. 시집 『진달래꽃』(1925)을 펴냈고, 죽은 뒤에 김억이 엮은 『소월 시초』(1939)가 간행됨.

김응

서울에서 태어남, 2005년 대전일보 신춘문예에 동시가 당선되어 등단함. 동시집 『개떡 똥떡』 『똥개가 잘 사는 법』 『둘이라서 좋아』 『마음속 딱 한 글자』, 청소년시집 『웃는 버릇』 등이 있음.

나희덕
1966~

충남 논산에서 태어남. 1989년 중앙일보 신춘문예에 시가 당선되어 등단함. 시집 『뿌리에게』 『그 말이 잎을 물들였다』 『그곳이 멀지 않다』 『어두워진다는 것』 『사라진 손바닥』 『야생사과』 『말들이 돌아오는 시간』 『파일명 서정시』 『가능주의자』 『시와 물질』 등이 있음.

문병란
1935~2015

전남 화순에서 태어남. 1959~1962년 『현대문학』에 시가 추천되어 등단함. 시집 『문병란시집』 『정당성』 『죽순밭에서』 『땅의 연가』 등이 있음.

박남준
1957~

전남 법성포에서 태어남. 1984년 무크지 『시인』으로 등단함. 시집 『그 숲에 새를 묻지 못한 사람이 있다』 『다만 흘러가는 것들을 듣는다』 『적막』 『그 아저씨네 간이 휴게실 아래』 『중독자』 『어린 왕자로부터 새드 무비』 등이 있음.

박성우
1971~

전북 정읍에서 태어남. 2000년 중앙일보 신춘문예에 시가 당선되어 등단함. 2006년 한국일보 신춘문예에 동시가 당선되어 동시인으로도 활동함. 시집 『거미』 『가뜬한 잠』 『자두나무 정류장』 『웃는 연습』 『남겨두고 싶은 순간들』, 청소년시집 『난 빨강』 『사과가 필요해』, 동시집 『불량 꽃게』 『우리 집 한 바퀴』 『동물 학교 한 바퀴』 『삼행시의 달인』 등이 있음.

복효근
1962~

전남 남원에서 태어남. 1991년 『시와 시학』에 시를 발표하며 등단함. 시집 『당신이 슬플 때 나는 사랑한다』 『버마재비 사랑』 『새에 대한 반성문』 『누우 떼가 강을 건너는 법』 『목련꽃 브라자』 『마늘촛불』 『따뜻한 외면』, 청소년시집 『운동장 편지』 등이 있음.

신경림
1935~2024

충북 충주에서 태어남. 1956년 『문학예술』에 시가 추천되어 작품 활동을 시작함. 시집 『농무』 『새재』 『달 넘세』 『가난한 사랑노래』 『길』 『쓰러진 자의 꿈』 『어머니와 할머니의 실루엣』 『뿔』 『낙타』 『사진관집 이층』 『살아 있는 것은 아름답다』 등이 있음.

신동엽
1930~1969

충남 부여에서 태어남. 단국대 사학과 졸업. 1959년 조선일보 신춘문예로 등단함. 시집 『아사녀(阿斯女)』, 장편 서사시 「금강」, 시선집 『누가 하늘을 보았다 하는가』 등이 있음.

신석정
1907~1974

전북 부안에서 태어남. 1931년 『시문학』에 시를 발표하면서 작품 활동을 시작함. 시집 『촛불』 『슬픈 목가(牧歌)』 『빙하』 『산의 서곡(序曲)』 『대바람 소리』 등이 있음.

오은
1982~

전북 정읍에서 태어남. 2002년 『현대시』를 통해 등단함. 시집 『호텔 타셀의 돼지들』 『우리는 분위기를 사랑해』 『유에서 유』 『왼손은 마음이 아파』 『나는 이름이 있었다』 『없음의 대명사』, 청소년시집 『마음의 일』 등이 있음.

유안진
1941~

경북 안동에서 태어남. 1965년 『현대문학』으로 등단함. 시집 『봄비 한 주머니』 『다보탑을 줍다』 『거짓말로 참말하기』 『둥근 세모꼴』 『걸어서 에덴까지』 『숙맥노트』 『터무니』 『달하』 등이 있음.

유희경
1980~

서울에서 태어남. 2008년 조선일보 신춘문예에 시가 당선되어 등단함. 시집 『오늘 아침 단어』 『당신의 자리-나무로 자라는 방법』 『우리에게 잠시 신이었던』 『이다음 봄에 우리는』 『겨울밤 토끼 걱정』, 청소년시집(앤솔러지) 『도넛을 나누는 기분』 등이 있음.

이면우
1951~

대전에서 태어남. 시집 『저 석양』 『아무도 울지 않는 밤은 없다』 『십일월을 만지다』 등이 있음.

이방원
1367~1422

조선의 제3대 왕 태종(1400~1418). 태조 이성계의 다섯째 아들로, 아버지를 도와 조선을 건국하는 데 크게 공헌함.

이병일
1981~

전북 진안에서 태어남. 2007년 『문학수첩』 신인상에 시가, 2010년 조선일보 신춘문예에 희곡이 당선되어 등단함. 시집 『옆구리의 발견』

『아흔아홉 개의 빛을 가진』『나무는 나무를』, 청소년시집『처음 가는 마음』 등이 있음.

이상화
1901~1943

대구에서 태어남. 1922년『백조』에 시를 발표하며 문단에 나옴. 생전에 출간된 시집은 없고, 사후에 백기만이 엮은 시집『상화와 고월』(1951)에 16편의 시가 실림.

이생진
1929~

충남 서산에서 태어남. 1969년『현대문학』에 시가 추천되어 등단함. 시집『산토끼』『녹벽』『나의 부재』『바다에 오는 이유』『산에 오는 이유』『섬에 오는 이유』『내 울음은 노래가 아니다』『하늘에 있는 섬』『거문도』『시인과 갈매기』『기다림』(시선집) 등이 있음.

이유상

경남 통영에서 태어남. 사진작가. 제2회 시사모 디카시 전국공모전 최우수상을 비롯해 디카시 공모전에서 여러 차례 수상함. 사진집『제주 좋은 빛 함께 봐요』, 산문집『내 생의 오솔길』(공저) 등이 있음.

이육사
1904~1944

경북 안동에서 태어남. 본명은 원록(源祿). 1930년 조선일보에 시를 발표하며 작품 활동을 시작함. 일제 강점기 독립운동 단체인 '의열단'에 가입하는 등 항일 투쟁을 벌이다 베이징의 감옥에서 순국함. 유고 시집『육사 시집』이 있음.

이은솔

필명은 소하. 2020년 계간『시와편견』봄호에 디카시로 등단함. 제3회 경남 고성 국제디카시공모전에서 수상함. 디카시집『껍데기에 경의를 표하다』『연잎의 기술』, 탐라문학 동인 시집『말의 인간다움에 대한 내력』 등이 있음.

이장근
1971~

경북 의성에서 태어남. 2008년 매일신문 신춘문예에 시가 당선되어 등단했고, 2010년 푸른문학상 '새로운 시인상'을 수상하며 동시인으로 활동함. 청소년시집『악어에게 물린 날』『나는 지금 꽃이다』『파울볼은 없다』, 동시집『바다는 왜 바다일까?』『칠판 볶음밥』 등이 있음

이재무
1958~

충남 부여에서 태어남. 1983년 무크지『삶의 문학』으로 등단함. 시집『섣달 그믐』『온다던 사람 오지 않고』『벌초』『몸에 피는 꽃』『시간의 그물』『위대한 식사』『푸른 고집』『즐거운 소란』『정다운 무관심』 등이 있음.

이직
1362~1431

고려 말에서 조선 초기의 문신. 호는 형재(亨齋). 조선 건국을 돕고 초창기의 기초를 다진 공을 세워 영의정까지 오름. 『가곡원류』에 시조 한 편이 전하며, 문집 『형재 시집』이 있음.

정몽주
1337~1392

고려 말기의 문신. 호는 포은(圃隱). 성리학의 기초를 닦음. 정도전 등이 이성계를 왕으로 추대하려 하자 이를 반대하고 끝까지 고려 왕조에 충성을 바침. 이방원의 부하에게 죽임을 당함. 지은 책으로 『포은집』, 시조 「단심가(丹心歌)」가 있음.

정약용
1762~1836

조선 후기의 실학자. 호는 다산(茶山). 경기도 광주(지금의 남양주시)에서 태어남. 경학(經學)과 시 문학에 뛰어났음. 천주교 박해 사건에 연루되어 18년간 전라남도 강진에서 유배 생활을 하며 『목민심서』 『경세유표』 『흠흠신서』 등 방대한 저술을 남김.

정진규
1939~2017

경기도 안성 태어남. 1960년 동아일보 신춘문예에 시가 당선되어 등단함. 시집 『마른 수수깡의 평화』 『유한의 빗장』 『들판의 비인 집이로다』 『매달려 있음의 세상』 『비어 있음의 충만』 『뼈에 대하여』 『별들의 바탕은 어둠이 마땅하다』 『몸시』 『도둑이 다녀가셨다』 『본색』 등이 있음.

정철
1536~1593

조선 중기의 시인·정치가. 호는 송강(松江). 가사 문학의 대가로서 시조의 윤선도와 함께 한국 시가의 쌍벽으로 일컬어짐. 가사 「관동별곡」 「사미인곡」 등을 남김.

정호승
1950~

경남 하동에서 태어나 대구에서 성장함. 1973년 대한일보 신춘문예에 시가 당선되어 등단함. 시집 『슬픔이 기쁨에게』 『서울의 예수』 『별들은 따뜻하다』 『눈물이 나면 기차를 타라』 『외로우니까 사람이다』 『포옹』 『밥값』 『나는 희망을 거절한다』 『당신을 찾아서』 『슬픔이 택배로 왔다』 『편의점에서 잠깐』 등이 있음

조향미
1961~

경남 거창에서 태어남. 1986년 무크지 『전망』을 통해 등단함. 시집 『길보다 멀리 기다림은 뻗어 있네』 『새의 마음』 『그 나무가 나에게 팔을 벌렸다』 『봄 꿈』, 산문집 『시인의 교실』 등이 있음.

최윤근
1946~

서울에서 태어남. 의사로 일해 오다가 2014년 계간 『시로 여는 세상』 신인상으로 등단함. 시집 『꿈속에서 꿈을 꾸다』 『아그라로 가는 길』

『넌 나를 스나비쉬하다 한다』『기억 속에 흐르는 강』『가난한 시인이 된 의사』 등이 있음.

하상욱
1981~

가수. 시집 『서울 시』『시 읽는 밤: 시 밤』『서울 보통 시』 등이 있음.

함기석
1966~

충북 청주에서 태어남. 1992년 『작가세계』로 등단함. 시집 『국어선생은 달팽이』『착란의 돌』『뽈랑 공원』『오렌지 기하학』『힐베르트 고양이 제로』『디자인하우스 센텐스』『음시』『모든 꽃은 예언이다』, 청소년시집 『수능 예언 문제집』, 동시집 『숫자벌레』『아무래도 수상해』 등이 있음.

함민복
1962~

충북 충주에서 태어남. 1988년 『세계의 문학』에 시를 발표하며 등단함. 시집 『우울 씨의 일일(一日)』『자본주의의 약속』『모든 경계에는 꽃이 핀다』『말랑말랑한 힘』『눈물을 자르는 눈꺼풀처럼』, 동시집 『바닷물 에고, 짜다』『노래는 최선을 다해 곡선이다』『내 눈에 무지개가 떴다』 등이 있음.

작품 출처

고재종　「첫사랑」, 『쪽빛 문장』, 문학사상사 2004.

공광규　「얼굴반찬」, 『말똥 한 덩이』, 실천문학사 2008.

김광섭　「성북동 비둘기」, 『성북동 비둘기』, 범우사 1969.

김륭　「눈사람」, 『엄마의 법칙』, 문학동네 2016.

김선우　「밥 먹었니?」, 『댄스, 푸른푸른』, 창비교육 2018.

김선우　「작지만 온몸인 은빛 물고기처럼」, 『댄스, 푸른푸른』, 창비교육 2018.

김소월　「먼 후일」, 『진달래꽃』, 매문사 1925.

김응　「괜찮은 척」, 『웃는 버릇』, 창비교육 2023.

나희덕　「귀뚜라미」, 『그 말이 잎을 물들였다』, 창작과비평사 1994.

문병란　「희망가」, 『인연서설』, 시와사회 1999.

박남준　「작은 씨앗」, 『그 숲에 새를 묻지 못한 사람이 있다』, 창작과비평사 1995.

박성우　「발표, 나만 그런가?」, 『사과가 필요해』, 창비 2021.

박성우　「신나는 악몽」, 『난 빨강』, 창비 2010.

복효근　「세상에서 가장 따뜻했던 저녁」, 『운동장 편지』, 창비교육 2016.

신경림　「가난한 사랑 노래」, 『신경림 시전집1』, 창비 2004; 『가난한 사랑 노래』, 실천문학사 1988.

신동엽　「산에 언덕에」, 『신동엽 시전집』, 창비 2013; 『아사녀』, 문학사 1963.

신석정　「꽃덤불」, 『그 먼 나라를 알으십니까』, 창비 1990; 『빙하』, 정음사 1956.

오은　「어쩌면」, 『마음의 일』, 창비교육 2022.

유안진　「오해, 풀리다」, 『거짓말로 참말하기』, 천년의시작 2008.

유희경　「도넛을 나누는 기분」, 『도넛을 나누는 기분』, 창비교육 2025.

이면우　「빵집」, 『아무도 울지 않는 밤은 없다』, 창비 2001.

이방원　「하여가」, 고미숙·임형택 엮음 『한국고전시가선』, 창작과비평사 1997.

이병일　「마스크 유행」, 『처음 가는 마음』, 창비교육 2021.

이상화　「빼앗긴 들에도 봄은 오는가」, 『하늘은 부끄럽게 푸릅니다』, 미디어창비

2019; 『상화와 고월』, 청구출판사 1951.

이생진 「벌레 먹은 나뭇잎」, 『기다림』, 지식을만드는지식 2012.

이유상 「가족사진」, 박경리문학관 누리집

이육사 「절정」, 『하늘은 부끄럽게 푸릅니다』, 미디어창비 2019; 『육사 시집』, 서울출판사 1946.

이은솔 「엄마의 역설법」, 『연잎의 기술』, 실천 2022.

이장근 「낙타」, 『불불 뿔』, 창비교육 2024.

이재무 「딸기」, 『온다던 사람 오지 않고』, 문학과지성사 1990.

이직 「까마귀 검다 하고」, 정병욱 편저 『시조 문학 사전』, 신구문화사 1966.

정몽주 「단심가」, 고미숙·임형택 엮음 『한국고전시가선』, 창작과비평사 1997.

정약용 「탐진촌요」, 『다산시선』, 송재소 옮김, 창비 2013.

정진규 「별」, 『별들의 바탕은 어둠이 마땅하다』, 문학세계사 1990.

정철 「훈민가」, 고미숙·임형택 엮음 『한국고전시가선』, 창작과비평사 1997.

정호승 「봄 길」, 『사랑하다가 죽어버려라』, 창작과비평사 1997.

조향미 「시 창작 시간」, 『그 나무가 나에게 팔을 벌렸다』, 실천문학사 2006.

최윤근 「늦게 쓰여진 시」, 『늦게 쓰여진 시』, 한국문연 2023.

하상욱 「맛집」, 『서울 시』, 중앙북스 2013.

함기석 「저녁 항구」, 『수능 예언 문제집』, 창비교육 2023.

함민복 「비린내라뇨!」, 『바닷물 에고, 짜다』, 비룡소 2009.

지은이 모름 「시집살이 노래」, 고미숙·임형택 엮음 『한국고전시가선』, 창작과비평사 1997.

수록 교과서 보기

지은이	작품명	수록 교과서
고재종	첫사랑	비상(박영민) 2-1
공광규	얼굴반찬	천재(노미숙) 2-2
김광섭	성북동 비둘기	지학사(서혁) 2-1
김륭	눈사람	미래엔(민병곤) 2-1
김선우	밥 먹었니?	천재(정호웅) 2-1
김선우	작지만 온몸인 은빛 물고기처럼	지학사(서혁) 2-1
김소월	먼 후일	비상(박영민) 2-1, 천재(노미숙) 2-1, 천재(정호웅) 2-1, 동아(남궁민) 2-2, 미래엔(신유식) 2-2, 지학사(서혁) 2-2
김응	괜찮은 척	창비교육(이도영) 2-1
나희덕	귀뚜라미	지학사(서혁) 2-1
문병란	희망가	해냄에듀(강양희) 2-1
박남준	작은 씨앗	창비교육(이도영) 2-1
박성우	발표, 나만 그런가?	천재(정호웅) 2-2
박성우	신나는 악몽	미래엔(민병곤) 2-1
복효근	세상에서 가장 따뜻했던 저녁	미래엔(신유식) 2-1
신경림	가난한 사랑 노래	미래엔(민병곤) 2-2
신동엽	산에 언덕에	해냄에듀(강양희) 2-2
신석정	꽃덤불	천재(정호웅) 2-2
오은	어쩌면	동아(남궁민) 2-1
유안진	오해, 풀리다	해냄에듀(강양희) 2-2
유희경	도넛을 나누는 기분	교과서 밖의 시

지은이	작품명	수록 교과서
이면우	빵집	교과서 밖의 시
이방원	하여가	비상(박영민) 2-2
이병일	마스크 유행	교과서 밖의 시
이상화	빼앗긴 들에도 봄은 오는가	교과서 밖의 시
이생진	벌레 먹은 나뭇잎	해냄에듀(강양희) 2-1
이유상	가족사진	미래엔(민병곤) 2-1
이육사	절정	교과서 밖의 시
이은솔	엄마의 역설법	비상(박영민) 2-1
이장근	낙타	천재(노미숙) 2-1, 천재(정호웅) 2-1
이재무	딸기	천재(노미숙) 2-1, 천재(정호웅) 2-1
이직	까마귀 검다 하고	해냄에듀(강양희) 2-1
정몽주	단심가	비상(박영민) 2-2
정약용	탐진촌요	교과서 밖의 시
정진규	별	동아(남궁민) 2-2, 지학사(서혁) 2-2
정철	훈민가	미래엔(민병곤) 2-1
정호승	봄 길	비상(박현숙) 2-2
조향미	시 창작 시간	천재(정호웅) 2-1
최윤근	늦게 쓰여진 시	비상(박영민) 2-2
하상욱	맛집	해냄에듀(강양희) 2-1
함기석	저녁 항구	천재(노미숙) 2-2
함민복	비린내라뇨!	천재(노미숙) 2-1
지은이 모름	시집살이 노래	교과서 밖의 시